POINT
[できないコト]
一ノ瀬涼風は
ひとりでネクタイが
結べない。
100%

「一ノ瀬ってさー、イラスト描いてんじゃん？」
「うん、見る？」
一ノ瀬 涼風
SUZUKA ICHINOSE
主人公・嵐山新太の
義妹になった美少女ギャル。
『心ぴょんぴょん』という
名義でイラストを描いている。
100%
安城 唯
YUI ANJO
学園の女王様な地雷系ギャル。
裏表の激しい性格だが
その小悪魔っぷりに
踊らされる人間も多い。
100%

「え〜、そうなの〜？」
「興味深い話ですね」
仁科 清美
KIYOMI NISHINA
成績優秀で面倒見のいい
委員長タイプだが
その生態はギャル。
個性の強いギャル仲間を
上手くまとめている。
100%
御木本やよい
YAYOI MIKIMOTO
ゆるふわ系ギャル。
喋り方もふわふわ
しており天然。
100%

「お兄ちゃん、
わたしのマネージャーに
なってくれる？」

【love life with kamieshi GAL sister】

CONTENTS

口絵・本文イラスト／ゆがー

デザイン／AFTERGLOW

なーんにもできないギャルが唯一できるコト2

鈴木大輔

角川スニーカー文庫

23758

第一話 ⊗ 至高遊戯

[love life with kamieshi GAL sister]

みなさんは〝歯磨きプレイ〟をご存じだろうか？

†

一ノ瀬涼風（いちのせすずか）が義理の妹になって一週間が経った。


その期間の俺をひとことで表すなら【てんてこ舞い】これに尽きる。

我が同い年の妹が【頼れる人がいたらとことん頼る】性質なのはご承知のとおり。

おまけに彼女には【有言実行】のスキルまで備わっていたとなれば、俺こと嵐山新太（あらしやましんた）の運命は推して知るべしだろう。

お世話、お世話、そしてまたお世話。

我ながら自分の甲斐甲斐（かいがい）しさに涙が出てくる。いにしえの朝ドラ【おしん】のヒロインも、きっとこんな苦労人だったにちがいない。

もちろん役得はある。

第一に、涼風はカースト頂点に君臨するトップギャル様である。

第二に、涼風は俺が信奉する神絵師【心ぴょんぴょん】師である。

見方によってはごほうびだ。

石を投げられても文句を言えない幸運であり、どえらい【宝くじの当たり】を引いたのは間違いない。

でもね。ダメなんです。

考えてもみてほしい。情緒よ情緒。

ご褒美と艱難辛苦が取っかえ引っかえ襲いかかってくると、情緒が破壊されるのよ。

過ぎたるは及ばざるがごとし。

ゆきすぎた快楽は、時として毒薬として作用するんですよ。

残念ながらその状況は、父と義母が新婚旅行から帰ってきても変わらなかった。

まあ考えてみれば当然ではある。

なぜなら自分の娘に【頼れる相手】が見つかって、その相手がちゃんとお世話をしていて、それなりに生活が成り立ってるんだから。

俺が義母の立場でも同じセリフを口にするだろうね。『やば、ラッキー』ってさ。

まして義母は世界中を飛び回る、多忙なデザイナー。好き合って再婚した相手の連れ子が、手の掛かる娘の面倒を一手に引き受けてくれるなら、それこそ【宝くじの当たり】ってことになるだろうさ。

ついでに言うと、うちの父も夜討ち朝駆けが基本な仕事だから。新婚旅行から戻ってきて家庭の事情を知ったあとは『任せていいか、新太？』である。

そして空気の読める俺には、多忙な父と義母の足を引っ張ってまで現状を打破しようとする気概はなかったわけで――

†

「朝だ！　起きろ！」

がばっ！　と。

涼風職人の朝は、布団を引っぺがす作業から始まる。

我が嵐山家のリビングのベッドで。一ノ瀬涼風は今朝も寝坊の情勢。

「涼風！　遅刻するから！」

「んん～」

一度は引っぺがした布団を、涼風は寝ぼけながらも素早くゲットバック。

ふたたび布団にくるまり、意地でも惰眠を貪ろうとしている。

「ちょっと涼風さーん⁉」

「うう〜ん……」

「はよ起きて！　今日はマジでやばいから！」

「ん〜……あと五時間だけ……」

「要求えぐいな⁉　せめてそこはあと五分とかにして！　いやていうかその五分すら今日は時間ないから！」

「ううん〜そんなに急いでどうするの……むにゃ」

「あんたの準備をするんだよ！　着替えやらなんやら！」

「んう〜……毎朝ありがとね、お兄ちゃん」

「素直にお礼を言うところは百点！　お兄ちゃんキュンとする！　だがここは心を鬼にしてミッションを遂行する！　そぉ――――いッッ！」

俺は布団を引っ張った。

妹は布団を引っ張り返した。

「いや力つよッ⁉　いるよねこういう時だけ本気出すヤツ！」

「むにゃむにゃ」

「そしてこれだけ騒いでもまだ寝ようとするヤツな！　――いやマジで今日はヤバいんだから！　起きて！　遅刻するから本気で！」

「うーん……あさごはんいらないから……」

「昨日もおとといも朝ごはんは抜いてるよ！　それでも遅刻しそうだから焦ってんの！　ギャルのメイクはガチで時間かかるんだって！」

「うーん……でもお兄ちゃん、メイクの手際が毎日よくなってるから。だいじょうぶ」

「いや普通そんな技能身につけませんからね男子高校生は！　異常事態だってことをもうちょっと自覚して！　そぉ――――いッッ！」

「むにゃ」

「あーもー力つええ！　ていうか俺が弱いんか⁉　筋トレ必要ですか⁉」

布団を引く俺。

引っ張り返す妹。

大岡越前（おおおかえちぜん）のエピソードでこんなんあるよな？　母親を名乗るふたりの女が左右から子供を引っ張るやつ。お奉行さまがいればうまく裁いてくれるかもしれんが、あいにくと父も義母も家にはいないい。

「とはいえ男の底力！　どっせ――――い！」

本気のさらにその先。

両脚を踏ん張り、歯を食いしばって息を止め、ナヨい筋肉に渾身（こんしん）の力をこめる。

「はわー」

涼風の力が一瞬ゆるんだ。

がばっ！

布団が宙を舞った。

涼風の全身が露（あら）わになった。

服を着ていなかった。

鮮やかな真紅の下着はギャルの面目躍如。レースもシースルーもたっぷり入っためっちゃエロいやつ。

「……だーかーらー！」

引きはがした布団をふたたび被（かぶ）せながら、反射的にお説教。

「パジャマを！　着てと！　いつも言ってるでしょ⁉」

「悪気はありませんでした」

「しおらしいな⁉　ちょっと頬（ほお）も染めてるし！　でも許さん！　もう何度も言ってるからね同じこと！　何度も何度も何度も！」

「でも、パジャマ着てると暑くなる」

「暑いなら布団を被るな！」

「布団を被ってないと寒くなる」

「うわめんどくさっ！」

「あは。お兄ちゃんの心の叫びだね」

「ええいこのやろう！　それができたばかりの義理の妹の面倒を毎朝毎朝文句言いながらもちゃんと見ている兄貴に対する態度か！」

「ごめんなさい。いつも大変お世話になっております」

「素直でしおらしいけど寝ながらじゃ説得力ねえ！」

「むにゃむにゃ」

「その上なおも寝ようとする！　起きろや！」

毎度毎度この調子である。

涼風の寝起きの悪さは筋金入りだった。

そして【頼れる人がいたら頼る】方針も徹底的だった。

同い年の男子にここまで頼り切るって、ある意味すげえなと思う。

でもって、これで恥じらいがないわけじゃない、ってのが訳わからん。ひとつ屋根の下に住んでいてすら、ギャル女子高生の生態はぜんぜん摑めない。

引きずり出すまで十分ぐらい掛かった。

「おらァ！　ちゃんと自分の脚で歩く！　赤ちゃんじゃないんだから！」

「うーん……わたし赤ちゃんでいいよ……」

「俺はよくない！　下着姿の女子高生赤ちゃんとか、マジ勘弁して！」

「今日の下着、かわいい？」

「可愛(かわい)くないよ！　エロいよ！」

「そっか。じゃあいいかな」

「俺はよくないけどな！」

「きょうだいはえっちなことできないもんね」

ええそうですよ、そうですとも！

でも血は繋(つな)がってないからな⁉

何か間違いが起きても責任もてんからな⁉

父と義母からさえもご公認をもらってしまった今、俺の理性だけが頼みの綱！

事案とか炎上とかを避けるためにも、鉄の意志で自分をコントロールするよ！

この状況でブチキレたり投げ出したりしないあたり、我ながら損な性格だとは思うけど
……たぶんそのあたりは家族全員から見透かされてるもんな！　はいはい、わかりましたよ、やれるだけのことはやりますとも！

「とにかく着替え！　まずはそこから！」

「はぁい」

「自分でやれとはもう言わんから！　せめて協力してくれ！」

「はぁい」

制服を着ないことには学校に行けない。

スカート、ブラウス、ルーズソックス。

涼風の姿勢に合わせて、装備できるところから着させていく。

「足あげて！」

「はぁい」

「手あげて！」

「はぁい」

「一周回ってもう一回足あげて！」

「はぁい」

ちんたら、ちんたら。

もぞもぞ、もぞもぞ。

スローペースではあるが、一応は指示に従ってくれる。

とはいえお着替えだから危険がいっぱい。

目と鼻の先に柔肌があり、指があちこちに触れるわけだ。

知ってるか？　柔肌って、本当に文字どおりなんだぜ。柔らかいのよ。ぷにぷにしてて、ふわふわしてるのよ。

胸じゃないのに胸みたいな柔らかさなのよ。腕とか脚とか。

これってもう、胸を触ってるのと同じじゃね？

というか胸にも触ってるんだよね。だって全身のお着替えだもの。

そのたびに俺は即席の悟りを開くのだ。

悟ってないと、とてもじゃないが平静を装えないのである。

たぶん自分の顔は真っ赤になっている。作業内容がエグすぎて心臓ばくばく。

ここのところ毎日やってるお世話だけど、たぶん永久に慣れることはないと思う。

ていうか俺、十六歳やぞ？

何がとは言わんが、DでTなヤツやぞ？

この状況で何もしないって、我ながら神すぎんか？

むしろ逆か？　天下無双のヘタレなのか？　もう俺にはわからん。判断は俺以外の誰かがやってくれ。

「……よし！　着替え終わり！」

「ありがとぉ〜」

何だかんだで着替えを終わらせた。

これで最悪、学校へは連れていける。

だが朝のルーチンはこれからが本番。女子の身支度は長いからな。

「涼風！　スタンダップ！」

「はぁい」

「返事に行動が伴ってない！　早く立つ！　立たないと間に合わん！」

「そうだけど〜」

今日の涼風は、ことに寝起きが悪いらしい。

この期に及んでもまだ目をしぱしぱさせている。

制服姿のままぺたん座り。絵に描いたようなサボタージュ。

「うおーい頼むよー……今日までいちおう皆勤賞できとるんや……ここで遅刻すると今後は果てしなくサボると思うわけ……〆切りは一度破ると破り続けるもの……俺の張り詰めた精神もいつまで保つかわからんのよ……」

「おにいちゃぁん」

「はいはいはい何ですか。とにかく準備の続きを」

「はみがき」

ぴくん、と。

自分の指が震えるのがわかった。

こいつ……今なんて？

「涼風ェ」

「なぁに？」

「ワレ、本気で言うとんのか……？」

「なにがー？」

「ワシにワレの歯磨きをせえと。そお言うとんのかい……？」

「うん。して？」

　上目づかい。

　寝ぼけまなこ。

　ズキュンときた。きてはいけないやつが。

　考えてみてほしい。人間にはラインってもんがあるのよ。越えちゃならない一線ってやつが、確実にあるのよ。

「ワレ、何もわかっとらんのう……まさかここまで何もわかっとらんとは……」

「お兄ちゃん、さっきからしゃべりかた変。あと声がこわい」

「ホンマにやってもええんか？」

「うん」

「歯磨きやぞ？」

「うん」

わかってはいる。

涼風が寝ぼけていること。

その気になれば、まだ一線を踏み越えずに済むこと。

思えば混乱していたのだ。

タスクが積み重なり、状況が錯綜（さくそう）するあまり精神が圧迫されていたのだ。

ぷつりとキレてしまった、というやつだろう。

勢いよく弾（はじ）き出されたピンボールの球みたいに、マイハートは一瞬にして上下左右天地を駆け巡り、そして。

俺は決断したのだ。

洗面所に向かった。

歯磨き粉と歯ブラシを用意した。

鏡に映る自分の姿を見て、我ながら目が据わってるなと思ったけど。もはや引き返すつもりもない。

「そのラインだけは踏み越えなかった」

涼風の前にしゃがみ込んで、俺は言った。

「着替えとかメイクとか、そういうのは、まあよかった。よくはないけど自分の中でそれなりに納得はできた」

「うん。……？」

「でもな……このラインを越えたらもう〝戦争〟なんだよ」

「お兄ちゃん、なんかヘンだね？」

「変にもなるわ。……いいんだな？　本当にしても。歯磨きを」

「はい。あーん」

涼風が口を開けた。

制服のブレザー姿で。ぺたんこ座りしながら。

目を閉じて、こちらにちょっとあごを向ける感じで。


……たぶんだけど。ここまで説明しても、まだわかってくれない人はいると思う。

この破壊力のヤバさを。

魅惑を超えて蠱惑に至る、本能に訴えかけてくるこの抗いがたい感覚を。

俺、やっぱ悟りを開いてるかもしれん。

だって本当に歯磨きだけで済まそうとしてるんだから。

まあその歯磨き自体が、とてつもなく危険な行為であると、これまた本能で理解していたのだけど――この時の俺はもはや自動的だった。己の意思で何かをしているという感覚がなかった。

手が動いた。まるで天命に導かれるように。

「はぁぅっ……」

甘い声が漏れた。

ぐにぐに。ぐにぐに。

歯ブラシを動かす。真っ白い歯と、桃色の歯肉。

隙間という隙間を入念に。丁寧かつ、生まれたばかりのヒナ鳥を扱うように優しく。

「……っ。……んッ」

ぴくん、ぴくんと。

時おり涼風の肩が跳ねる。

他人に歯磨きするなんて初めての経験だ。

でもわかる。

いわゆる〝ゾーンに入った〟脳が、矢継ぎ早に指示を出す。

DNAに刻み込まれてるんだろう、きっと。

こういう時にどうすればいいのか。どこを、どうやって刺激すれば、どんな反応が得られるのか。

「んんっ……んはぁっ……」

ぬらり、ぬらり。

一個の生き物みたいにうごめく口腔が、ひどく艶かしい。

その艶かしさを、歯ブラシが余すところなく、隅々まで探索していく。

上あご。親知らずの奥に潜んでいるほっぺたの内側。きれいに色づく舌の表面。

いつしか俺の左手は、涼風のあごを持ち上げ、やがてそれでは足りずに首の後ろへ。

ほとんど抱き合うような、抱え合うような、そんな体勢へと。まるでバレエダンサーの二人組がやるみたいな、あの斜めに支えるやつ。

「んうっ……！」

それでもなお足りない。

床に寝かせた。

寝かせながらも手は動く。

何度も何度も口腔内を行き来する歯ブラシ、あまねく丹念に探る、探る、探る。

一番いいところを決して逃すまいと、ひた探る。

覆い被さる。

馬乗りになる。

決して逃さない、逃れられない、鉄板のポジション。

「んんっ……ふぁ……」

涼風の手が宙を掻く。

まるで溺れるダイバーが空気を求めるように。

うっすらと涙目。何かを訴えかけるかのような瞳。

それらを自然にスルーする俺の意識。だって歯磨き中はしゃべることができないから。

運命はすべて、歯ブラシを握っている俺の手にあるのだから。

むしろ左手にぐっと力をこめる。

逃してはならぬとばかり、これまた本能のなせる業。

そして歯ブラシを握る右手が、探索の終わりを嗅ぎ取った。

——ここ、か。

——それから、ここ、そしてここも。

——そうしてからの、ここ。

「っ⁉ んあ——んんんうッ！」

びくんっ！

涼風の身体が跳ねた。

これまでとは明らかにちがう感触。まるで全身が反り返るような、波のように襲い来る強烈な何かに耐えているかのような。

みつけた。


俺の中のどこかで、誰かがささやいた気がした。

容赦をするつもりはなく、またその必要もなかった。

めくれあがったスカートから覗く太ももが、小刻みに震え始めているのがわかった。

俺は一気に頂点をめざした。

涼風は、抗わなかった。

†

次に気づいた時。

俺と涼風はふたり並んで床に転がっていた。

「なあ涼風」

荒い息で俺は言った。

「これが、歯磨きだ」

「そっかあ……」

返す涼風の呼吸もまた、ひどく浅い。

「これが歯磨きなの？」

「そうだ」

俺は頷いた。

涼風は首をひねった。

「わたしの知ってる歯磨きじゃなかった気がするけど」

「いいやちがう。これが歯磨きだ」

「そうなの？」

「そうだ。自分以外の誰かに歯磨きをさせるってのは、こういうことなんだ」

「そっかあ……」

涼風は少しばかりポーッとしているようだった。

一方で俺はそれどころじゃなかった。いろんなものが一気に来たのだ。

動悸、息切れ。サウナからあがったばかりみたいに汗びっしょり。

やはり、やってはいけないことをやってしまったようだ。

でも仕方ないのだ。

俺の知らない俺が勝手にやったこと。

そして繰り返し述べているとおり、涼風が望んだこと。

あと俺、あんまり覚えてないですマジで。歯磨きをしてたんだよな？　なんか終わったあとの雰囲気が明らかに歯磨きじゃない気がするんだけど、でも歯磨きだったよな？

頭のどこかがぷっつん、っていったあとは、いまいち思い出せない。

記憶の混濁。

先ほどまでの出来事は、現実だったのか、あるいは夢だったのか。

「わたし、シャワー浴びたい」

「わかる。俺も浴びたい」

「お兄ちゃん、先いく？」

「いや、お先どうぞ。ぶっちゃけ今は指一本たりとも動かしたくない」

「あは。わたしも」

涼風は笑った。

そして言った。

「ねえお兄ちゃん」

「はい」

「歯磨きしてもらうのは、禁止にしよっか」

「そっすね……」

合意成立。

思えばこれが、俺たちにとって初めての禁止事項だった。

この先も今回と同じような――たとえば〝歯磨き〟のようにシンプルかつ普遍的な生活行動が、俺たち兄妹(きょうだい)に思わぬ牙を剝(む)くことがあるのかないのか。

この時の俺にはまだ、知るよしもなかった。

「シャワーは浴びたいけど……」

「うん？」

「やっぱりめんどうだよね」

「わかりみが強すぎてしんどい」

「じゃ、シャワー浴びずに寝るね。おやすみ～」

すう、すうと。

涼風が秒で寝息を立て始める。

その寝息を子守歌に、俺もまた意識を放り投げてしまったのだった。

†

……幸いにして、本当に眠ってしまったのは四、五分ぐらい。

あわてて跳ね起きた俺は、根性で涼風を叩(たた)き起こしつつ、ホームルーム開始五秒前で教室にすべり込み、どうにか遅刻をまぬがれたのだった。

俺、わりとえらいと思うんだけど。どうですかね？

[love life with kamieshi GAL sister]

第二話 ⊗ あんた、そんなことやってたの？（そしてそんなことやってくれるの？）

このころの悩みの種。

それは大きく分けてみっつ。

①涼風（すずか）のこといろいろ
②大空（おおぞら）カケルの件
③安城唯（あんじょうゆい）の件

①については、まあいい。
いやよくはないんだが。でもこの問題はおそらく、長期にわたって向き合っていく案件になる。短期間がんばっても大した結果は出ないだろう。

そのことは、この一週間の出来事が証明している。

俺、涼風への免疫が何もできてないもんね。

まあこれは涼風が悪いと思うけどな。天才タイプにありがちな、あのびっくり箱みたいな性質よ。歯磨き要求なんていう隠し球もいきなり出してくるし、油断も隙もあったもんじゃない。

臨機応変に、高度な柔軟性をもって対応するしか術がない。

すなわち出たとこ勝負。

なのである意味、放っておいてもいい問題なのだ。放っておくしか打つ手がない、とも言えるが。

②については、これは極めて重大な不安要素だ。

なにせ迷惑行為である。

俺の心のオアシス【心ぴょんぴょん】師のTwitterコメント欄に張り付いている、悪質と呼んで差し支えないユーザーである。

神絵師に向かって『ぺろぺろしたい』とか『結婚したい』とか——界隈ではよく見かける光景とはいえ、見過ごせるものではない。

涼風はああいう性格だから、今は気にしてないようだが（というかコメントを読んでるかどうかも怪しいんだが）、とはいえ天才というやつが気まぐれであることを俺は知っている。

いつ、どんな形で影響が出ないとも限らない。

可及的速やかな対処。なによりそれが求められるだろう。

とはいえ現状、やれることは少ない。

現実的な被害が出ているわけでもない以上、この件はいったん待ちの一手になる。

だが覚えておけ【大空カケル】とやら。

貴様は越えてはいけないない線を越えた。

以前の俺ならいざ知らず、今の【心ぴょんぴょん】師は俺の身内。

家族を守るという大義名分を得たからには、ただではおかないと心せよ。

今度また目に余る言動があれば、その時は天地も震えるような恐ろしい制裁が下されるだろう……いやまあ、具体的に何をどうするイメージもないんだけど。というか、相手が何者かわからないんだから、手の出しようもないんだけど。


そして③だ。

これがよくない。とてもよくない。

何がよくないってあれ以来、安城唯からのアクションが何もないのがよくない。


『でもオタクくんってさー』

『一ノ瀬と同じ家に住んでるよね、い、い、い？』

『ゆいってさー。嘘つかれるの大嫌いなんだよね。マジで』

『スマホだよオタク。おまえのスマホ。こっちよこせ』

『おまえ、今日からゆいのドレイな』

『このこと一ノ瀬には言うなよ？　言ったら殺すから』


……安城唯のセリフがフラッシュバックするたび、俺の背中から変な汗が出る。

ハッキリ言おう。

俺はすでに、生殺与奪の権を握られているに等しい。

情報を握られ、先手を打たれ、立場は完全に相手が上。

あの日以来、安城唯が何もアクションを起こしてこない以上、こっちは震えながら次に起こる何かを待つしかないのだ。

そしてこの、待つしかないことの消耗感よ。

LINEは強制的に交換させられたのに、スタンプのひとつも送ってこない。

会話も接触も何ひとつないのに、教室で目が合った時だけは、思わせぶりにニッコリ微笑んできたりする。

『おまっ、新太まさかこの野郎……！』

『一ノ瀬と隣の席になるだけじゃ飽き足らず、安城とまで何かの関係を⁉』

その様子を見た友人ABがにわかに色めき立った、みたいなクダリもあるのだが。言うまでもなく羨ましがられることじゃない。

確かに安城唯は可愛い。背も胸も小さいが、全身から滲み出るキラキラ感というか、強キャラ感というか、そういうのがヤバい。顔の整いっぷりは涼風に引けを取らないし、モデルだろうとアイドルだろうと今すぐ務まるレベルだと思う。

でもさ。やっぱ怖いのよ。

だってあいつ、ガチのギャルだもん。

涼風はあれだ、単に手の届かない高嶺の花、って感じだけど。

安城の方はいわば、百獣の王って感じなのだ。肉食獣なのよ。

草食でオタクでカーストも低い俺からしたら、抵抗のしようがない相手なのよ。

話すの普通に怖いし、ましてあんな風に脅しをかけられると、こっちは閉じた貝みたいになっちゃうんだよ。

ちなみに安城唯は裏表のある性格でも有名で。良い子ぶってる時はしおらしい感じだけど、基本的にはもんのすごいドSらしい。フラれた男子がトラウマのあまり、学校に来られなくなった事件もあったとか。すっごいわかるわ、その気持ち。俺なんて今、あいつと同じクラスになったことすら後悔してるもんね。

と、いうわけで。

俺の悩みの種、理解してもらえただろうか？

学校で一番のギャルが義妹になっただけでも手に余るのに、そこから芋づる式に派生するトラブルの数々よ……ていうか冷静に考えると、①～③までぜんぶ涼風が原因になってるよな？

宝くじの当たりを引いたはいいが、税金めっちゃ取られたり、親族とかにタカられたりしてる気分。いやそうか、でもそうだよな……人生が変わるってことは、人生が狂う、ってことと表裏一体なのね。

ま、仕方ないか。

それでもなお、宝くじの当たりを引いたことには感謝したい。

こんな人生を歩む運命は、選びたくても選べないのが普通なんだ。

死ぬわけでもなし、取って食われるわけでもなし。

父の再婚をきっかけに始まったこの状況は、まだ一週間しか経ってないわけだし。

まずは気長に、腰を据えて。


……などと考えていたら。
①～③が解決しないまま、さらに④までが加わってしまうのである。

それも例によって、一ノ瀬涼風が発端となって。

†

「ねえお兄ちゃん。何かリクエストない？」

その日の夜、我が家にて。

夕食中に涼風がそんな申し出をしてきた。

「リクエスト？」

「うん」

「イラストの？」

「うん」

こくん、と頷く涼風。

ちなみにこの義妹、今夜も俺の真横に陣取っている。

決して狭くはないリビングのダイニングテーブル、俺と涼風しかいない夕食時に、俺と涼風が隣同士で座っているのだ。

違和感ハンパないです。

いやもうパーソナルスペースってやつがね。狭すぎるんです、この人って。

『だって家族でしょ？』

とは涼風の弁だが、

『いやでも夫婦ふたりきりの食事だって、隣り合うってことはあまりないのでは？　ドラマとか映画だと、だいたい向かい合って座るよね？』

こちらは俺の反論。

もちろん涼風は取り合ってくれなかった。

天才にありがちなのか、ギャルにありがちなのか、それともその両方か。

この義妹はとにかく頑固なのである。

ふわっ、としているようで、ゆるゆる〜っとしているようで、譲りたくないところは絶対に譲らない。

決して声高に主張したりはしない。

その良すぎるツラで、星満つる夜空みたいな瞳で、ただじっと見つめてくる。

他のやつらのことは知らん。

だが少なくとも俺は、この義妹のアピールに抗えた例しはない。我こそはと自信のある人はぜひトライしてみてほしいね。一ノ瀬涼風と正面から見つめ合って、果たして何秒耐えられるのか。

……閑話休題。

とにかくそんな義妹ギャル神絵師が、今日も俺のすぐ隣に座って夕食をもぐもぐしながら、こちらをじっと見てくるのである。

なおかつ『何かイラストのリクエストはないか？』と。

「あります！」

俺は即答した。

「そりゃありますよ！　いくらでもあります！　ほぼ無限大に！」

そしてただの一ファンモードになった。

わかってもらいたい。

気にしないでいられる瞬間はもちろんある。

でも一ノ瀬涼風は、俺にとっての神【心ぴょんぴょん】師なのだ。

向こうから話題を振ってくれるならもう遠慮できない。常ならば清く正しいファンを心がけて——根掘り葉掘りあれこれ聞いて関わるのはマナー違反かも、と気を遣っているけど。こういう展開になったら、ねえ？　そりゃ食いつきますとも。

「え、でもホントにいいんすか？　リクエストしても」

「うん」

例のキレイな瞳で、こくんと頷く涼風。

「このあいだのあれ。お兄ちゃんのリクエストで描いたバニーさんのイラスト。あれ、わたしすごい気に入ってて」

「わかる。あれ、マジめっちゃよかった」

「わたし基本的にね、自分の気が向いたイラストをね、好きな時に好きなように描いてたんだけど。でもなんか——どんなイラストを描くかお兄ちゃんと相談した方が、いいアイデアが出る気がする」

「お、おう」

……くぅぅぅっ！

冥利に尽きる、ってやつですよこれは！

神絵師が、そのモチベーションの一端をこちらに預けてくれる、頼ってくれる。

これ以上の栄誉が他にあるだろうか？

そんなこと言われたらファンになっちゃうよ。もうファンだけど。

「いや……でもちょっと心配なことが」

「なに？」

「あれっすよね、このあいだいろいろリクエストさせてもらいましたけど。あんまり乗り気じゃないなー、みたいなお題が多かった気がしまして」

「うん」

「そういうお題を出しちゃうと良くないかなー、みたいな。逆にモチベーション下がっちゃいません？　要らんこと言っちゃうと」

「ぜんぜんそんなことない」

首を横に振る涼風。

「考えるきっかけになるし、刺激も受けるよ、お兄ちゃんのリクエストは。今まであまりなかった発想を思いついたりとか」

「ホントに？」

「ほんとに」

こくこく。

今度は首を縦に振る涼風。

なるほどブレインストーミングってやつか。

人間である以上、個人の発想に限界があるのは確か。様々な考え方、時には自分と真逆の意見を取り入れてこそ、新しい何かが生まれる余地ができる。

テニスでいえば壁打ちの相手になる、ってことだ。

一応かつては文芸部に所属していた身としては、実体験としても納得である。

「えーとそれじゃ、お言葉に甘えまして――」

がぜん、張り切る俺。

どんなリクエストが望ましいか、めまぐるしく頭を回転させ始めた、のだが。

（……いや。ちょっと待てよ）

はたと思い留まった。

一週間そこそこである。一ノ瀬涼風との付き合いは。

だが寝食を共にし、フル回転で彼女のお世話をしている俺の嗅覚は、敏感に何かを察することができた。

「なんか話がおいしくないっすか」

「え？」

「リクエストのこと。嘘をついてるわけじゃなさそうだけど、本当のことだけ言ってるわけでもない気がする」

「なんでそう思うの？」

「涼風が自分から言い出してる」

「前のリクエストの時も、わたしから言い出したんだけど」

「あの時は〝取り引き〟があっただろ？　そっちの言うことを聞く代わりに、っていうさ、イーブンの条件提示があったわけじゃん？」

「うーん。そうだっけ？」

「それにここしばらく付き合ってよーくわかったけど。一ノ瀬涼風ってやつはガチで怠け者だろ」

「えーそんなことないよ。頼れる人にたくさん頼ってるだけ」

「世間一般的に、それは怠け者と呼ばれるカテゴリです。ていうかさ、しおらしい態度を取ってる時点でもうおかしいんだよ。涼風はそういうタイプじゃないと思うわけ。もっとふわふわーっとさ、さらさらーっとさ、描きたい時に描けるものを描いて、周りに振り回されることがない的な。涼風って絶対そっち系の天才だし」

「えへ。ありがと」

「どっちかというと今の【天才】は悪口の意味で言ったんだが？　……とにかく、そっちからリクエストなんて言い出すのは不自然。今回は絶対なにかの罠(わな)。間違いないね。俺じゃなきゃ気づかなかったね」

「お兄ちゃんって、わりと簡単にエサで釣れる人だと思うけど」

「めっちゃ見抜かれてるな、俺の性格！　でも俺だってそっちの性格は見抜いてるんだ。一緒に暮らしてるんだからそこはイーブンよ？」

「むー」

涼風はくちびるを突き出した。

そして「参りました」と頭を下げた。

「お兄ちゃんの言うとおりです。わたしには下心があります」

「やはりそうだったか」

「あ、でもね。周りに振り回されない、ってところは、ちょっとちがうと思うな。わたしすっごく受けるタイプだよ。いろんなことの影響」

「へーえ？」

　それは意外。

　影響、受けるのか。一ノ瀬涼風でも。

　もちろん何の影響も受けずに成立する才能は存在しない、って理屈はわかるんだけど。あまりに彼女がオンリーワンというか、容姿やら言動やら経歴やらが人並み外れてるもんだから。ついね、思い込みがね。

　まあ信者だからな俺。ちょっと目が曇ってるのはご容赦ください。

「で？　下心の内容ってのは？　具体的にどんな？」

「その前に取り引きの話をしたいなー」

「ほう？」

「リクエストだけだと足りないかもだから、他の条件も足そうかな、って」

「ほほう？　たとえばどんな？」

「たとえば肩たたき券とか」

「それはうちのお父さんにやってやって。俺はまだ肩とか凝ってないです」

「朝、わたしが自分で服の着替えをするとか」

「それは条件とか関係なく自分でやってほしいです」

「じゃあ今度、わたしがお兄ちゃんにごはんを作る、っていうのはどう？」

「人には向き不向きがあると思います」

「ふーん？　わたしの手料理は食べたくないんだ？　へーえ？」

「キッチンをまともに使えるようになってから言ってくれ。ジト目でこっち見てもダメ」

「お兄ちゃん、審査が厳しい」

「……つーか不安になってきたんだが？　そっちが積み重ねてるチップの枚数が多すぎる。いったい俺はどんな要求をされようとしてるんすかね？」

「マネージャー、やってもらいたいの」

んんん？

マネージャーとはこれいかに？

「俺の感覚だとさ、俺はすでに涼風のマネージャーみたいなもんだと思ってるんだけど」

「そうかな？」

「そうだよ。朝起こして、着替えをさせて、ごはん食べさせて、学校に行かせて——これがマネジメントじゃなくて何だというんだ。まあどっちかというとオカンかもしれんが」

「お兄ちゃん、うちのお母さんよりお母さんしてくれてる」

「いいことなんすかね、それって？　とにかく今でも似たようなことしてると思ってるからさ。こっからさらにマネージャー、って言われても『うーん？』って感じなんだが」

「もっと深い関係に、なりたいの」

見つめてくる。

気のせいだろうか。

涼風の瞳の光が、妖しく揺れたような。

「深い関係、っていうと？」

俺は夕食に箸を伸ばした。

何かをして間を取らないと、涼風の瞳の光に吸い込まれそうだったから。

「わかってるくせに」

すっと俺に顔を近づけてくる涼風。

ただでさえすぐ隣に座ってるんだ。ちょっと近づいたらもう、目と鼻の先。

「もっともっと深い関係。わたしとキミの」

「いやだから。それってどんな？」

「女の子に言わせる気？」

……ええ？

それってつまり？

そういうこと？　ですよね？

わかってもらいたい。

そこそこオタクでDでTな俺が、トップギャル様で神絵師な義妹からこんな風に迫られて、呼吸を乱さずにいられるわけない、ってこと。

心臓が早鐘を打つ。

涼風の無自覚アプローチ（着替えを任せてくる、いつの間にかこっちの布団に入ってくる、わりとすぐ脱ぐ etc）にはちょっとだけ慣れたけど。こういうのは無理。

「いやいや待って。ちょっと待って」

「やだ。待たない」

「でも言ってたじゃん。兄妹でそういうコトはダメだって、そっちが」

「でもキミが相手だとイヤ、とは言ってないよ？」

「それは——そうかもだけど——」

くいっ、と。

された。

何を？

あごを。いわゆる【あごクイ】ってやつ。

涼風の勢いに押されて、俺はのけぞる形。

見下ろされている。

覗き込まれている。
値踏みされている。
涼風の瞳が放つ光が、妖しく艶やかに俺を包む。
夜、ふたりきりのダイニングテーブル。
何も起きないわけがない雰囲気。
え、マジで？
俺、今日で大人の階段、のぼっちゃうの……？
「お兄ちゃん」
圧倒的な美少女には魔力がある。
男を惑わせ、狂わせ、ひざまずかせる力が、確かにある。
この瞬間まで機能していた俺の嗅覚は、すっかりダメになった。
「わたしの言うこときいてくれる？」
こくり。
「わたしのマネージャーになってくれる？」
こくり。
俺は二度、頷いた。
出来の悪いあやつり人形みたいな、我ながら滑稽な動作。

次の瞬間。

「――ぷはあ！」

魔法が解けた。

何秒ぐらいだろう、息を止めてたのは。

止めてたというか、止まってた。すっごい緊張すると息って止まるんだな。

「ぷはー」

涼風も大きく息をした。

目を閉じ、胸に手を当てて。顔もけっこう赤くなってる。

「うーん、すっごい緊張したー。心臓どきどきしてる」

「ていうか涼風さん⁉　自爆テロみたいな攻撃するの、やめて⁉　こっちは心臓止まりそうになってるから！」

「色仕掛け、効いた？」

「見りゃわかるでしょ、効いたよ！　クリーンヒットだよ！　……ていうかさっきも言ったけど、もうやってるよ事実上のマネージャーは。これ以上なにをやれと？」

「んーとね、お仕事の依頼」

「依頼？」

「うん。イラストの企業案件」

ほほう。

俺は身を乗り出した。

重大なトピックスである。

心ぴょんぴょん〝先生〟にイラスト仕事が舞い込む。先日アップしたバニーちゃんイラストの反響から考えても、この展開になるのは時間の問題だったと言えるだろう。

合点がいった。

なるほどマネージャーは必要だ、この妹の性格からして。

メールのやり取りやら、クライアントとの交渉やら——よくわからんがいろいろ雑務が発生することは、想像に難くないわけだ。

イラストを描くという作業を除く一切を請け負う役目が、是が非でもほしいわけだ。

俺が心ぴょんぴょん師のマネージャーに——

願ってもない。

ただの一ファンに過ぎなかった俺に舞い込んできた、さらなる宝くじの大当たり。

「水臭いな」

俺は鼻の頭をかいた。

こういう時ってホントにこの仕草が出るんだな。これまた初体験。

「そんなの別に、普通に言ってくれればいいのに」

「やってくれる？　わたしのマネージャー」

「ていうか他に誰がやるんだ？　義母さんはいそがしい、お父さんもいそがしい。誰か他に頼れる身内は？」

「誰もいないよ。キミだけ」

「だったら選択肢がそもそもない。俺がやるしか他にないじゃん」

「やってくれる？」

「まあ、ね。やるよ。何をすればいいのかよくわからんけど」

「やった」

涼風、小さくガッツポーズ。

目の形が三日月みたいになって、口元がほころんで白い歯がちょっと覗いて。

初めて見るリアクションだ。

めっちゃ可愛いかった。

さっきとは別の意味で心臓が止まりそうになる。

そして俺は、ちょっと楽しみでもあった。

え、だって楽しいでしょ？

夢が膨らみまくるでしょ？

マネージャーってやっぱ、名刺とか作るのかしら。

『初めまして、マネージャーの嵐山新太です、いつもウチの心ぴょんぴょんがお世話になっております』

そしてスッと名刺を差し出すヤツでしょ？

スーツなんか着たりして、なんか知らんけどキラキラしてる感じなんでしょ？

え、普通にテンションあがるんですけど。

「――で？」

妄想にニヤつきながら訊く。

「具体的には？　何やったらいいんすか？　マネージャーって」

「んーとね。とりあえず読んでくれる？　いろいろメール来てるから」

「へーえ。どれどれ」

涼風が渡してきたスマホを受け取った。

斜め読みでメールの内容を確認していく。

ふんふん。

ふむふむ。

お～！　すげえ！　まじかー！

……ん？

ええぇ？

え、ちょ。えええええぇ？

「どうかな？　お兄ちゃん」

「………」

とっさに反応できなかった。

びっしり並んでいるメールを、もう一度ざっと読み直す。

自分の顔から血の気が引いているのがわかる。顔が青くなる時って、こんな感じなのか、と感心している俺がいる。

「ええと。涼風さん？」

「はい」

「ざっくり読んだだけなんで、間違ってたら言ってほしいんすけど」

「うん」

「依頼、いくつも来てますよね」

「うん」

「それもちゃんとギャラの発生するやつ」

「うん」

「俺でも知ってる大手の会社からもメール来てる」

「うん」

「で、もう受けちゃってるよね？　イラスト描く依頼」

「うん。すっごいたくさんメール来るから、もう受けちゃおうかなって」

「そいして鬼のように催促のメールが来てる」

「うん。描いてないから」

おおう……

俺は天を仰いだ。

いや、うん。いや。

まずいよねこれ。かなり。

確認できる範囲では、もう何ヶ月も前から涼風は依頼を受けている。

俺が把握している限り、大手の二社から。

ひとつはゲーム会社の新企画、キャラデザとキービジュアル関連。

もうひとつは新作ライトノベルのカラーとモノクロイラスト一式。

メールの件数は、近日になって目に見えて増えている。さっきも言ったとおり鬼の催促メールだ。

対して涼風は判で押したように同じレスしか返していない。

いわく、

『やれるだけやります』

たったそれだけ。

「え、いやこれ。まずくない？」

「うーんでもね、わたし最初から言ってあるよ」

「なにを？」

「依頼を受ける条件。ほら、このへん読んで？」

ちょんちょん、とスマホの画面を示される。

その部分のメールをしっかり読んでみる。

ふむふむ
……ええぇ？

いや、うん。えええぇ？

「涼風さん？」

「なに？」

「これってアリなの？　こんな条件が通ることって、普通ある？」

「どうかな。でも『それでもいいから受けてほしい』って言われたよ」

確かに。

何度メールを読み直しても、俺にも同じ解釈しかできない。

要約するとこうだ。

大手二社の依頼は、ほとんど同じ時期に来ている。

そして涼風の返事は『やりません』というそっけない、やる気のないものだったが、依頼者の熱意はそのやる気のなさを上回った。

どうしても【心ぴょんぴょん】先生に依頼したい、そのためならどんな条件でも呑む。

それこそ夜討ち朝駆けでメール攻勢が続き、根負けした涼風が（あの涼風がだ！）依頼を受ける条件として出したのが以下の三つ。

・納期は守らない
・気の向かないイラストは描かない
・そのかわりギャラはびた一文受け取らない

……素人目に見たって無茶苦茶な条件である。

というか、依頼を受けることになってない。この条件ってつまり『やりません』と宣言してるに等しいのだから。

なのにびっくり、大手二社はこの条件を呑んだらしいのである。

いや無茶苦茶だ。マジで。ないだろ普通そんなの。社会人として成立してないだろ、って高校生の俺でもツッコミ入れるよ。

でも現実としてそうなった。

気持ちは痛いほどわかる。俺が逆の立場だったら、その誘惑に間違いなく駆られる。

だけど実際にやっちまうのかあ。

社会人って、思ったほど社会やってないんだろうか。

「ええと、それで？　これどうすんの？」

「そのへんのぜんぶを、お兄ちゃんにお任せしたくて」

「つまり依頼を受けて描くと？」

「そのへんもお任せします。そういうのもぜんぶ含めて、マネージャーをお願いしたくて。描くのか、描かないのか。描くとしたら何を描くのかも」

「めちゃくちゃ丸投げなんだが？」

「うん。仕事って言われても、わたしよくわからないし。そもそもピンと来ないものはなんにも描けないよ。もうお兄ちゃんは知ってると思うけど」

俺は頭を抱えた。

いやー。そうきたかー。

いろんな意味であり得んことが起きてる気がするが、まずは現実を見よう。

マネージャーをやってほしいという涼風の依頼をどうするか。

涼風が一応は受けたことになる、商業的な依頼をどうするか。

そもそも未成年だしな、涼風って。いやそれ言ったら俺も未成年なんだけど。たとえば無償のボランティアでイラストを提供する、ってやり方なら角が立たないのか？　あとは父さんとか義母さんに保証人とか後見人になってもらうみたいな……まあ、仕組み自体は何とかなりそうな気もするな。

だとしてもこの気まぐれな【心ぴょんぴょん】先生に、オーダーどおりのイラストを描かせられるのかどうか。得意と不得意がハッキリ分かれてるタイプだし、【ピンと来ないものは描けない】という前提もあるし。

じゃあ【ピンと来るようにする】ためにはどうすればいいか？

仕事なんだから、描きたいものだけ描くなんてのはそもそも無理だし……

でも、それでもいいって相手側は言ってきてるんだよな……

いやいやそれって建前だろ？　まずはとにかく受けてもらって、言質(げんち)を取って、そのあとはなし崩し的になんとかするっていう、そういう大人のずる賢さが見え隠れしてないか？

これからはそういうやり取りの一切を、俺がやらなきゃいけないってこと？

ただの高校生、社会経験もないド素人の俺が？

「うん。無理」

ほどなく結論が出た。

まあ普通はそうなる。無理だよね。

「ごめん。俺の手には余ります。マネージャーできないっす」

「やってくれない？」

「やりたくても無理、ってのが正直なところっす」

「お兄ちゃんならできると思うけど。わたしより全然」

「そりゃアナタよりはできるでしょーけど」

「これから先もたぶん、仕事の依頼はたくさん来ると思う」

「できない仕事を受けちゃダメです」

「DMを閉じるとか、メアド公開するのやめるとか、した方がいい？」

「まあ、対策のひとつにはなると思う」

「コメント機能とかも全部閉じちゃった方がいいかな？」

いや。

ちょっとそれは気が引けるな。

そもそも俺は【心ぴょんぴょん】先生には世界に羽ばたいてもらいたいのである。初期ファンとしてドヤ顔したいし、何より自分がハマった才能がどこまで高みに行けるのか見てみたいのである。

ただでさえほとんどツイートはしない涼風だし。

コメントまで閉じるとなると、SNSやってる意味もなくなりそうだし。

「じゃあ、コメントはつけられるままにしておくね」

「うんまあ。そんな感じっすかね？」

「ちなみになんだけど。最近は変なコメントもいっぱい来るようになってます」

それを言われるとなあ。

俺はまた頭を抱えた。

折しも、不埒なユーザーどもを歯がゆく思っていたところである。

たとえば【大空カケル】みたいなやつな。ああいうのは一ファンとしても放っておけん。

もし俺が、正式に涼風のマネージャーになったら。

Twitterの管理も俺がやる、みたいなことになったら。

たとえば悪質ユーザーを弾けるようになる。

ゴリ押しの依頼を選別して断ることもできる。

いろいろできるな、確かに。なんかメリットが多そうに思えるぞ、パッと見は。

いやでも待ってほしい。

　そもそも俺、今でもキャパシティーオーバーなのである。

　涼風のお世話に毎日駆け回ってる状態で、そこに加えてマネージャー業務なんて加わったら、パンクするのは目に見えているのでは？

　そもそも越権行為な気がしてならない。神絵師の一ファンとしての節度を、俺は保つべきではないのか？

　でも涼風は家族だしな。何か問題が起きれば他人事(ひとごと)では済まない。

　タチの悪い揉(も)めごとが起きたら【心ぴょんぴょん】先生がイラスト描くのをやめるなんて可能性も——

「……いやいや無理。やっぱ無理」

　流されそうになる自分をあわてて引き止める。

「一線越えてると思うわ、俺がマネージャーなんて。無理です。やめときます」

「どうしてもダメ？」

「ダメっていうか無理。できないものは引き受けられないっす」

　俺は両手を合わせて頭を下げた。

　涼風は「うーん」と少し考えて、

「じゃあさお兄ちゃん、こうしない？」

「いやいやダメよ。取り引き材料を増やしたって無理。できないものはできな——」

「あれを描くよ、わたし」

小首をかしげて、覗(のぞ)き込むようにして。

【心ぴょんぴょん】先生はこう言った。

「前にわたしが『描けない』って言ってたリクエストあるでしょ。キミが昔描いてた小説のイラスト。あれを描くよ、わたしのマネージャーになってくれたら」

「え?」

は?

え、マジで?

「うん」

ごく自然体で。

なんなら淡々と、空気を吸うのと変わらないテンションで。

でも確かに俺の目を見て、そのプラネタリウムみたいなきらきらした瞳で。

彼女はこう言ってくれたのだ。

「がんばるよ。ちょっと力が足りないかもだけど、でもがんばる」

†

……それを言われちゃあ、ねえ。

推しの神絵師から、そんなこと言われたら、ねえ。

俺が取れる選択肢は、ひとつしかないのであった。

あと気づいたけど、一連のこのやり取り自体がもうマネージャーのそれだよね？

はなっから逃げ場はなかったわけだ。恐ろしいぜ、宝くじの大当たりってやつは。

そしてまたこの出来事が、この先の大きな伏線となっていくのである……。

第三話 ⟪ ⊗

ギャル四人に陰キャひとり、これがえっちな同人誌なら美味（おい）しいけど

[love life with kamieshi GAL sister]

風雲急を告げる事態は、まったく別の角度からもやってきた。

†

「ねえオタクくーん。お昼いっしょに食べない？」

その日の昼休み。

安城唯（あんじょうゆい）だった。寝耳に水な発言を口にしたのは。

「え」

俺はフリーズした。

折しも友人ＡＢと机を並べ、昼飯の総菜パンを開封しようとした矢先である。

「お昼。いっしょに食べよ？」

繰り返して安城唯が言った。

座っている俺の横に立ち、少し首をかしげるようにしながら。よそ行きの笑顔で。

「え」

俺は間抜けに繰り返す。

昼食タイムでざわめく教室。

何人かのクラスメイトが、こちらの様子を横目でうかがっている。

俺と一緒に座っている友人AB——富永(とみなが)と池沢(いけざわ)も、安城唯を見上げて固まっている。

教室を出て行こうとしている涼風(すずか)と目が合った。『あれ？　そういう流れ？』みたいな顔をしている。涼風と並んで移動しようとしているギャルグループ、御木本(みきもと)やよいと仁科(にしな)清美(きよみ)も似たような反応。

ここまで間をおいても、俺はまだ固まったまま。

「お昼」

安城唯が重ねて言った。

よそ行きの笑顔を一ミリも変えず、噛(か)んで含めるように。

まばたきもせず、俺だけを真(ま)っ直(す)ぐ見ながら。

「いっしょに。食べよ？」

……俺は脳みそをフル回転させていた。

え、どういうことだ、これ？

ギャルグループのトップであり、クラス内でも、いや学園内でもヒエラルキーの頂点に立つ、安城唯。

こいつとは少なからず因縁があること、すでに承知してもらえてると思う。

『おまえ、今日からゆいのドレイな』

……ついに来た、というべきなんだろう。

もちろん今後ずっと何のアクションも起こしてこない、と楽観してたわけじゃないが。

しかしこのタイミングでか。

陰キャ&オタクグループの俺に、トップギャル様からゴハンのお誘い。

吉と出るはずもないが、断れる道理もなく。

「あ、うん」

ようやくそう答えて立ち上がった。

あかん。すでに心臓バクバクしてるんだが？

「裏切り、か……」

「短い友情だったね……」

富永と池沢がそれぞれコメントした。

いかにも『やれやれ』と肩をすくめるような言い方で。

これが俺を奮い立たせてくれた。

〝いつもの俺たち〟な態度を二人があえて取ってくれたことで、俺はいつもの自分に立ち返ることができた――と言えばわかってもらえるだろうか。

阿吽(あうん)の呼吸によるフォロー。

持つべきは友人。いずれ恩は返すぜ。

「バーカ」

笑って返す俺。

退屈きわまりない返しだが、少しだけ平常心を取り戻せた。

安城はそのへんのやり取りを完全スルー。「来るってー」教室の入り口で待つ涼風たちのもとへ駆け寄っていったので、俺もあわてて後をついていく。

†

「――でさー。ホントそいつムカつくわけー」

場所は中庭だった。

四月の下旬、冬が駆逐された春日和(びより)。

芝生に座ってお昼をいただくには、なるほどいいタイミングだ。

「ありえなくね？　ゆいに声かけるのはわかるんだけどさー、鏡見てから来いって話っしょ？　だって鼻毛出てるとかマジねーし？」

熱弁しているのは安城唯だ。

昼食がわりのポッキーをちまちまかじりながら、ナンパしてきたどこぞの男への酷評を並べ立てている。

「へー。そうなんだー？」

相づちを打っているのは御木本やよいだ。

見た目がゆるふわなこのギャルは、中身もゆるふわ。

何かとトゲトゲしい安城唯を率先して受け止めるのは、概ねこの御木本の役回りらしい。

独特のイントネーションで頷く姿は、なんかそれだけで様になる感じ。

「でもさー、ゆいちゃんも鼻毛はあるでしょー？」

「は？　ゆいはそういうのねーから」

「うっそだー。ぜったいあるよ人間なら。ウチも実はあるし」

「ねーの、ゆいは。アイドルと同じなの」

「えーうっそー。ちょっと見せてみて？」

「おいやめろバカ覗き込むな！　キモいよお前！」

「あはは━。ゆいちゃん、照れて赤くなってる━」

「テレてねえ！　キレてんだよ！」

……様にはなるけど、会話の内容がアレだった。

でも、やっぱ様になるんだよな。

ギャルってやつは何をしても概ね許される存在。強者の強者たるゆえん。

「鼻毛は大事ですよ、ゆい」

横から口を挟んだのは仁科清美だ。

委員長キャラという変わり種なこのギャルは、きちんと正座した膝の上にお弁当箱を置いて、安城唯に向き直る。

「鼻毛には、外界からの異物の侵入を防ぐ役割がありますからね。あまり短く切りすぎると健康に影響が出る可能性があります」

「出たよ清美の正論。つーか、ゆいにはそういうのない、って言ってるし」

「つまり、ゆいの鼻腔(びこう)には毛根が存在しないということですか？」

「ま━似たようなもんじゃね？」

「それは生まれつきですか？　それとも後天的に永久脱毛をしたということですか？」

「だからそういう次元を超えてんだってば。ゆいはアイドルと同じ、っつってるでしょ」

「それでは理屈に合いませんね。ちょっと見せてもらえますか鼻の中。確かめますので」

「だから覗き込むなっつーの！　女子として終わってんぞお前ら⁉」

騒がしいことである。

鼻毛ひとつでこの盛り上がり。

まさしく華の女子高生、その頂点に立つギャルたち、という感じ。

というか鼻毛かあ。安城はもちろんのこと、御木本も仁科も見た目がめっちゃいいので。会話の内容とのギャップがひどい。あと男の前で話すことじゃないと思う。まあたぶん俺、男としてカウントされてないけど。

「……で、どうなの？　あんたは」

安城が話の水を向けた。

俺にじゃない。

総菜パンを片手にずっとスマホをいじっていた、涼風にだ。

「ん……？」

涼風がゆっくり顔をあげる。

明らかに話を聞いてなかった様子。

この昼食会が始まってからわりとすぐスマホに集中してたからな。例によってイラストを描いてたんだろうけど、器用にやるもんだ。

「だからー。ゆいにはなくて、普通の人間にはあるモノの話」

「身長のこと？」

「……今の失言は聞かなかったことにしたげる。清美、あんたから説明して」

「鼻毛の話をしていましたよ、一ノ瀬さん」

にこりと微笑んで、委員長ギャルが引き継ぐ。

「普通は誰にでも生えているものですが、ゆいはアイドルだから生えないんだそうです。

そしてゆいは、一ノ瀬さんにもこの話題を振っていいます」

「そうなんだ」

「一ノ瀬さんはどうですか？　ここは黙秘権を主張するのもありだと思いますが」

「んー……」

涼風は考えた。

妙な間があく。

白い蝶々がどこからともなく飛んできて、どこへともなく去っていって。

それから涼風は安城の方を見て、自分の鼻を指さして言った。

「確かめてみる？」

「……だーかーらー！」

安城がツッコんだ。

「見せんなし、って話をしてんの！　見るのも見せるのもナシでしょーがこういうのは⁉」

お前らギャルやってんだろ⁉　もうちょっと考えろよ！　存在自体がアウトな話題なんだよ！」

「まあおかしな流れにはなりましたよね。やよいが妙なことを言うから」

「えーひっどーい。清美ちゃんだって真面目に語ってたじゃーん、鼻毛の話」

「だから鼻毛って言うなし！」

……騒がしいことである。

そしてギャルはやはり陽キャ。何だかんだで話題が盛り上がるのは、素直にすごいなと思ってしまう。

同時に思うのは、なぜ俺がこの場にいるのかっていう。

御木本と仁科はあまり気に留めていない様子だが、安城唯が何の目的もなく俺をこの場に連れてくるわけがなく……かといってこのプチ女王様は、教室からこっち、ずっと俺のことに触れもせず、完全に空気として扱ってるような。

居心地、すっごい悪い。

何の意味があるんだ、俺がここにいるのって……

今の俺ってたぶん、処刑場に引きずり出された囚人の顔してると思うぞ？

さては拷問の一種かな？

確かに俺のライフ、座ってるだけでゴリゴリ削られていくからな。ドSであろう安城唯からすれば、大いに意味はあるかもしれん。

俺にとってかすかな寄る辺はひとりだけ。

一ノ瀬涼風。

ただでさえ華やかなギャルチームにあって、スマホいじってるだけでもひときわ存在感が際立っている、俺の義妹。

『……なんかしよっか？』

という目配せを、彼女は何度か送ってくれたのだが。俺の方から『何もしなくていい』という空気を返しておいた。

涼風はちゃんと空気を読んでくれたようで、それ以降は我関せずな様子でパンをかじったりスマホをいじったり。完全にいつもどおりの【一ノ瀬涼風】として振る舞っている。

たぶん素なんだよな、こいつの振る舞いは。

こっちが『何もしなくていい』と意思表示したからには、『そっか』と素直に受け取るタイプなのだ。そういうキャラだということは、ここしばらくの付き合いで理解している。

今はそれがありがたい。

「ところでさー」

そんなタイミングで切り出してきた。

もちろん安城唯がだ。

「なんか一ノ瀬って、オタククんと仲良いよねー?」

「んー?」

来た。

俺はパンをかじる動作を止めた。

涼風が訊く。

「オタククんって、新太のこと?」

「シンタっていうんだっけ?　オタククんって?」

安城がこっちを見た。

俺はこくこく頷く。

「そーそーシンタくんね、それそれ。まー一ノ瀬と仲が良いって思ってるから、ここ連れてきてんだけどー。てゆーか、下の名前呼んでる時点で仲いーわけじゃん?」

安城が仲間に話を振る。

「ウチも思ったー」

「親密に見えますね。一ノ瀬さんはまだ転校してきたばかりなのに」

御木本と仁科が同調。

「だよねだよねー?」

我が意を得たりの安城。

「つーかさー、いっつも教科書とか見せてもらってるし？　机を隣にしてさ。消しゴムとかも貸してもらってたりとか」

「うん。すごく助かってる」

涼風は二度、三度と頷いてから「いつもお世話になってます」俺に向かって頭を下げた。

「なにそれウケる」

安城がひと笑いしてから、

「てゆーかてゆーかー。一ノ瀬って人気ヤバくね？　やよいも清美もそう思うっしょ？」

「めっちゃ思う～」

御木本がゆるふわな感じで肯定する。

「クラスの男子とか、一ノ瀬ちゃんめっちゃ見てるし～。エロい目で」

「体育の授業の時なんて、中々の見物ですよね」

眼鏡(めがね)をくいっ、とやりながら仁科も続く。

「今の時期は長袖のジャージですからあまり目立ちませんが。それでも注目されてますよ一ノ瀬さんは。とにかくスタイルがいいですし……夏になったら困ったことになるかもしれません」

「まだ告白はされてないっぽいけどさー」

と安城。

「まあ時間の問題っしょ。ガチで一ノ瀬狙ってる先輩とかいるってウワサ聞いたし。そろそろゴールデンウィークだし、勇者出てくる可能性あるかも？」

「え〜？　ホントに〜？」

「少しばかり短絡的なのでは？」

「男なんて短絡的なんだから絶対出てくるって、そういうアホが。マジうざー」

「出てこないんじゃない〜？　ゆいちゃんがそばにいるから」

「その手の判定が厳しいですからね、ゆいは」

「トーゼンしょ。だってさー、うぜー雑魚が近くに寄ってくるの、気分悪くね？」

「チャラいの嫌いだよね〜、ゆいって」

「ゆい自身がチャラいと思われがちですけどね、周りから」

「チャラくねーっつーの、フツーに世渡りしてるだけだっつーの。ちょっと媚び売っただけでニヤつく男どもがバカなだけー。ゆいは悪くないもーん」

　盛り上がる女子トーク。

　俺はひたすら空気に徹するのみ。

　涼風はふんふん頷いているものの、話の内容にはあまり入っていけてないようだ。頷きながらちょいちょいスマホを弄っている。他ならぬ自分自身の話題なのだが、こういうところはどこまでいっても涼風らしい。

「ま、一ノ瀬ってそのくらい人気だからさ」

ポッキーの袋を開けながら。

安城がサラリとこう言った。

ご丁寧に、一瞬だけ俺の方をチラリと見てから。

「もしも一ノ瀬が誰かと付き合ってる的なことがバレたら、わりとモメるかも？」

――いや待った。

もしかしてなんか勘違いしてる？

俺は別に涼風と付き合ってるわけじゃないぞ？

もちろんこれから付き合おうと狙ってるわけでもない。

……と言おうとしたけど、そんなスラスラと言葉が出てくるはずもなく。

だって俺、クラス内カーストはせいぜい下の中だしね。オタクくんだしね。

安城みたいなトップギャル様に目を付けられて、こんなアウェーの中で、たとえ涼風が同席していたって、普通に振る舞えるはずないのである。

「それはちょっとした事件かもね～」

目を輝かせながら、御木本がゆるふわと応じる。

「誰かが一ノ瀬ちゃんの彼氏になったら、学校中の男子から羨ましがられるよね……ってことは、すっごいいろんな男子から嫉妬されるってこと～？　わーお、ケンカだケンカ、痴話ゲンカだ～」

「相手のレベルが高ければ何も言われないのでは？」

仁科も自分なりの分析を披露する。

「何人かいますよね、イケメンで有名な人。そういう人たちとお付き合いすることになるのなら、みんな納得するでしょう。いわゆる衆目の一致するところ、という現象ですね。もちろん、一ノ瀬さんの自由な意思と選択が優先されるべきなのは前提ですが」

「でもさー、レベル高い相手とは限らないわけじゃーん？」

安城は声を弾ませて、

「雑魚だったらヤバいよね。つーかゆい、雑魚が来たらキレちゃうかも？　だって一ノ瀬がレベル低い男と付き合ってる、ってことになったらさー。なんかちょっとビミョーじゃね？　ていうかガチでビミョーだわ。やっぱゆい、そんなことになったらキレる気がするなー……うん、ガチギレだわたぶん。想像しただけでムカついてきた。……あ、別に返事しなくていーからね、一ノ瀬は。あんたが誰かと付き合ってるって、本気で思ってるわけじゃないから」

……うおおおう。

いったい何が起きているんだ。

脅しが目的なのか？　それとも釘(くぎ)を刺しておきたいだけ？

このシチュエーションで、この話題が俺と無関係なんてことはないよな？　パシリにでもするつもりかな？　それともカツアゲ目的？　『お前ゆいのドレイな』ってのはそういうこと？　逆にそうだとわかってたら、こっちは下手に出るだけで済むんだけど？　でも、それこそそんな短絡的な狙いじゃない気がするんだよな。

いざとなったら涼風に頼る……いや『一ノ瀬に言ったら殺すから』とも言われてるし。

だめだ気持ち悪い。

安城が何をしたいのか、さっぱりわからない。

「オタクくーん、なんか表情カタくなーい？」

安城が声をかけてきた。

教室ぶり、二度目の会話。

「楽しんでるぅー？　え、もしかして楽しんでないー？」

「え、いや。えと。楽しんでます。はい」

「ホントにー？　でもさっきからパン、ぜんぜん食べてなくなーい？」

「あ、はい。すんません」

「オタクくんって、ゴハン食べるの遅い方？　えーそれってさ、一ノ瀬と同じじゃね？

一ノ瀬も食べるの遅いもんね」

そのとおり。

涼風は基本、食べるのが遅い。

集中力がないタイプ、なのだ。いるよねたまに？　給食の時とか、なんかあれこれやってて時間内に食べ終わらないやつ。

あるいは逆に集中力がありすぎるとも言えるけど。今もスマホの画面を気にしていて、食べかけのパンが放置気味。

「あれかなー？　夫婦は似てくるっていうもんね？」

「え？　いや、そんなことは」

「一ノ瀬とオタクくん、なんか距離近いしー？　それで似てきたのカモー？　きゃは」

「いえ、たまたまっす……ホントに……」

「あはは。じょーだんじょーだん。本気で言ってないっつーの。オタククんキョドりすぎじゃね？　つーか一ノ瀬、マジでパン食ってないのウケる」

ひと笑いしてから、

「ほら食べな」

安城が身を乗り出した。

涼風のパンを手に取って千切り、「あーん」と口に放り込む。

涼風は口をもぐもぐさせながら「ありがと」。

一連の作業を流れるように済ませてから、安城は『ふふん』と勝ち誇ったような顔でこっちを見てきた。

……え？

どゆこと？

もしかして所有権、主張されてる？

「ていうか、オタクくんにはお礼言わないとね」

「お礼？　俺に？　っすか？」

「そーそー。だって一ノ瀬ってさ、ゆいたち的にガチめのツレだし？　付き合い短いけど、ズッ友？　みたいな？　わかるっしょ？」

「は、はい」

「そのズッ友がさー、世話になってるわけじゃん？　オタクくんの。だったらちょっとひとこと言っときたいじゃん、みたいなー？　〝ウチらの〟一ノ瀬をよろしく、的な」

「あ、それでなんだ～？　お昼に彼をここ連れてきたの」

「ふむ。納得ですね」

御木本、仁科のふたりが追随する。

いやいやいや。

それはないでしょ？

少なくともそれ〝だけ〟じゃないでしょ？

だって、同じ家で暮らしてるのバレてんだよ？

しかも雰囲気からして、御木本と仁科のふたりはそのこと知らないっぽいよね？

何か考えてるんだよ安城は。

企み(たくら)があるんだ、間違いなく……そしてその中身がわからないから、ものすごく胃が痛くなってくるのである。

牽制(けんせい)されてるのはわかる。縄張り意識もあるんだろう。

有利な立場にあるのは安城唯、それもわかる。

だけど俺にこういう〝見せつけ〟をする意味がわからない。

俺が涼風と一緒に暮らしてることがバレてるとして、でも彼氏彼女の関係とはかけ離れてるわけだし。

目くじら立てるにしても、遠回しすぎないか？

俺にはぜんぜんわからん。コミュ強じゃないんだよ、こちとら。

「そーいえばさ」

不意に思い出した、という態(てい)で。

安城がポッキーのチョコ部分をぺろぺろ舐め(な)ながら、

「一ノ瀬ってさー、イラスト描いてんじゃん？」

……また話がややこしくなった。

「え〜、そうなの〜？」と御木本。

「興味深い話ですね」と仁科。

「……？」

　視線を集めた涼風は不思議そうな顔。

「ぶっちゃけどんなイラスト〜？　イケメンなやつ〜？」

「アニメかマンガのキャラクターでしょうか」

「しかもスマホで描いてんのよね、一ノ瀬は」

「ええ〜⁉　スマホで〜⁉」

「ああ、そういうことですか。それでスマホをよく弄ってるんですね」

「え、じゃあもしかしてさ、今もそのスマホで描いてるの〜？」

「やよい。詮索は良くありませんよ？　得てしてこういうことは、プライバシーに深く関わってきますから。一ノ瀬さんが自分から言い出すのでなければ――」

「清美ィ、あんたカタすぎだっつーの。ズッ友なんだから、話題に出すぐらいはいいじゃん？　つーか、話を持ち出したゆいが悪いみたいになるじゃん？」

　……そういうことか。

　俺は少しだけ合点がいった。

　マクロの流れはわからんけど、ミクロの流れはわかった。

安城のやつ、涼風がイラスト描いてることをここで公にしたいんだ。

反応からして、御木本と仁科は初耳。安城は何かの拍子に知っていたと。

涼風も隠してたわけじゃないしな。なるほど、こういう流れで明かしておいた方が何かと得かもしれない。

「見る？」

そして流れ的に自然なアクションだっただろう。

涼風がひょいっ、とスマホを差し出した。

「わ～お、見る見る～」

「こらやよい、そんなにがっつかないで、もう少し遠慮というものを——え？　これって一ノ瀬さんが描いたんですか？　普通に上手(うま)いんですが」

「普通っていうか～。すっご～～～く、上手いよね？」

「素人判断ですが、これはもうプロ並みですね」

「うわ～っ、かわいいかわいいかわいい。え、うっそかわいいこれ何～？」

「……これだけ上手いと、やはり下手(へた)には触れられませんね。プライバシーに属する範囲が大きすぎます」

「ま、ここだけの話なんじゃね？　クラスのやつらとかに知られると面倒じゃん？　もちろん一ノ瀬がどう考えてるかによるけどぉ。……オタクくんはどー思う？」

「えっ」

そこで話を振るの？

キョドる俺に、安城はにっこにっこしながら、

「一ノ瀬がイラスト描いてて、しかも死ぬほど上手いってこと。学校の連中が知ってた方がいーと思う？」

「あーいや……」

視界の端で涼風を見る。

涼風はふたたびスマホの操作に戻っていて、話の流れには積極的に関わろうとはしないスタンスだ。いつもどおりの自由人かつ、たぶんだけど空気も読んでいる。

『ここはお兄ちゃんに任せるね』

言葉にならない声が聞こえてくるようだ。

あいつがマネージャーを頼んだのは、他ならぬこの俺。

「知らない方がいい、と思う」

腹を決めて答えた。

「面倒なことになるかも、ってのもそうだけど。今のところメリットが何もない。少なくとも自分から大っぴらにすることはない、と思う」

「メリットがないって」と安城。「どういう意味で？」

「彼女が——一ノ瀬さんが、それを望んでない」

　俺は答える。

　我ながら言葉尻が震えてる。

「望んでるならもう大っぴらにしてる。友達にもとっくに話してる。なんならSNSとかを本名でやって公開とかもしてる。でも今の時点でそうじゃないんだし、てことはつまりそういうことだと思う。転校してきてから一週間ぐらいしか経ってない、ってことを考えても、やっぱ積極的に明かすべきじゃない……って思う。思います」

「それってオタクくんの考え？　それとも一ノ瀬の？」

「どっちでもない、よ。状況的にたぶんそうだろうな、って解釈してることを話しただけなんで」

「ふーん。じゃあさ、一ノ瀬のこういう才能ってさー、伸ばすべきなのかな？　別に伸ばさなくてもいーのかな？」

「才能があるなら伸ばした方がいいよ。そうしないと単純にもったいない。でも前提として、まずは本人次第だよ。才能を使うのも使わないのも、それを持ってる人が自由にしたらいい。その権利が才能の持ち主にはある、と俺は思ってる」

「つまりこーゆーこと？　『一ノ瀬はスマホだけでイラスト描いてて、すっごい上手くて才能もあるけど、その才能は趣味にだけ使っていくし、才能を伸ばすための効率的なやりかたにも興味がないし、世界に向けて大きく広げていくことはない』って解釈でいーのかな？」

「安城さんのまとめ方はちょっと極端すぎる。選択肢にはもっと幅があると思うし、何度も言うけど基本的には本人の自由だから。……まあでも見てのとおり、本人はあまり興味がなさそうだよ、こういう話には」

　全員の視線が涼風に向いた。

　涼風は「……うん？」という様子で顔をあげ、すぐに「どうぞどうぞ」みたいな感じでスマホに視線を戻す。

「あはは！　しょーがねーなー一ノ瀬は！」

　笑ったのは安城だった。

　この話はここでひと区切り、の空気だった。

　御木本が「オタクくんって、けっこーしゃべれるんだね～」と目を丸くした。「てゆーか、ゆいもいつになく語ったね～」

　仁科が「くわしいんですね嵐山（あらしやま）さんって。一ノ瀬さんのこと」と突っ込んできた。話をややこしくしたくないので、「いやまあ。なんとなくっす」と全力でごまかした。

　そろそろ昼休みが終わることに俺は気づいていた。

　何の解決にもならないけど、昼休みさえ終われば仕切り直しができる。

俺は陸にあがった魚が空気を求めるように、時間の経過を今か今かと待ちかねていた。

「あ！　そーいえばさー」

そう簡単には終わらなかった。

いま思いついた、という態で、安城が言い出したのだ。

「なんかいきなりなんだけどー。一度行ってみたいなー。一ノ瀬ん家に」

「………」

え？

なんだって？

ちょっと俺、一瞬だけ難聴になっていいですか？

「だって行ったことねーし。てゆーか、ゆいたちはズッ友同盟なんで。これもう決定ね。日にちは一ノ瀬、あんたが決めていーから」

「……わたしが？」

「そ。あんたが」

ポッキーで涼風を指す安城。

さすがの涼風も面食らったようだ。「んー……」と考え込んでいる。「わ〜楽しそう〜」御木本がすぐに乗っかって、「そもそもゆいが決めることじゃないのでは？」仁科が常識論を語るも「だからおカタいんだって清美はさ」安城は取り合おうとせず、

「あー……っと」

　俺が口を挟もうとしたところに畳みかけて、

「えーダメなのー？　なんでなんでー？　てゆーか、なんでオタククんが口出ししようとしてんのー？　関係なくねー？」

「あ、まあ。いや」

「あ、でもオタククんも一緒に来るよね？　話の流れ的に。せっかくだし」

「え。あ。うん。はい」

「オイオイ、女子四人が遊ぶのに付き合えるんだぞオマエ、もっと嬉しそうにしろよな？　つーか何かキョドってる？　ビビッてる？　一ノ瀬の家になにか見られたらマズいオタクでもいるのかナ？　――あ、まちがえた、オタグッズでもあるのかナ？　ん？」

†

　……無論、異論など挟めるはずもなく。

　昼休み終了の予鈴が鳴ったこともあって、一ノ瀬家（俺ん家）への訪問が、なし崩し的に決まってしまった。

　そして授業が始まる前に俺は、自分のスマホにLINEの通知があったことに気づいた。

表示された名前は安城だった。

強制的にLINEの交換をさせられてから初めてのやり取り。

メッセージは何も書かれておらず、スタンプがひとつだけ押されていた。

シュールなスタンプ。ゴスロリっぽい衣装を着たウサギのキャラクターが、親指で自分の首をかき斬るポーズをしている。

へーえ、こんなスタンプあるんだ、可愛いキャラデザだな——と俺は感心しつつ、心にどんより重たい雲が垂れこめるのを感じていた。


安城唯。

俺と涼風の関係を知っているらしい、今のところ唯一の部外者。

あいつが何を考え、どんなとんでもないことをしでかそうとしているのか。

この時の俺は、まだ知るよしもなかった……。

第四話 ⊗ ご褒美シーン

[love life with kamieshi GAL sister]

波乱は続く。

安城（あんじょう）の襲来予告にだけ、慌てふためいていられるわけじゃない。

①〜④のタスクのうちの④、涼風（すずか）のマネージャー役としての仕事も、同時並行で進んでいるのだ。

†

「じゃあわたし、イラスト描いてるから」

そう言ってあっさりアクセス権限を渡してくれた。

その日の夜、我が家にて。

父と義母は今日も不在な中、リビングに陣取って涼風はスマホを弄（いじ）り始めた。

「お兄ちゃんのリクエストに応えるのはハードル高いから。わたしもだいぶ気合を入れないとだね」

彼女が取りかかろうとしているのは、かつて俺が中学時代に立案していた小説の世界観を表現するイラストだ。

涼風からは「ありったけの資料ください」と言われたので、当時の原稿をごっそりそのまま渡してある。それらを読み込むだけでも結構な時間を食うだろう。

神絵師【心ぴょんぴょん】先生がそこまでやってくれるんだ。

その心意気には、こっちも応えなきゃいけない。

他ならぬ【取り引き】が成立してるわけだしな。

務まるかどうかわからんけど……マネージャー業務、やらせていただきますとも。


で、だ。

アクセス権限とは他でもない。涼風の個人メールと、Twitterの個人アカウントのＩＤとパスワードである。

相変わらずそういう行動にためらいのない妹だった。

頼ると決めたらとことん頼る。

信頼されてる、といえばそうなのかもだが……いや、今はいい。

さっそくの初仕事。
涼風に依頼している大手二社へ、メールで対応しなきゃならない。
状況をざっとおさらいしよう。

・ゲーム会社と出版社から、それぞれイラスト仕事の依頼が来ている
・涼風は断っていたが、相手方のあまりのしつこさに、一応は依頼を受けた
・依頼を受ける条件は、『まあやれそうならやるわ』ぐらいのテンションで依頼を進めることであり、最初からサボタージュしているに等しかった
・それでもクライアント二社は言質を取ったとばかり、あの手この手で鬼のような催促を寄越してきている

よくもこんな状況が成立したと思うが、さておき。
まずは常識的な対応からだ。
あらためて脳内を整理しつつ、思い描いていたメール返信の草稿を打ち込んでいく。
涼風に確認を取る必要も逐一出てくるので、片手間にはできない作業だ。
正直、毎日めちゃくちゃ忙しいのだが（主に妹のお世話で）、引き受けたからには微力

を尽くさないとな。

・とにかくこっちの状況を説明する
・マネージャー新任のあいさつ
・心ぴょんぴょん先生の個人的なプロフィールを含めた、性質や特質について
・あらためてご依頼についてのご相談
・もろもろの状況を鑑みて、依頼を継続するのはおすすめしないこと。マネージャーが新任したからといって、仕事の質や納期が担保されたわけではないこと

《平素お世話になっております、このたび心ぴょんぴょんのマネージャーに就任しました、ＡＳと申します――》

迷った末、俺個人の情報はなるべく伏せることにした。

たぶん、俺がマネージャーになった経緯を説明したところで、話がややこしくなるだけ。身内、とだけ伝えておいて、あとは向こうの反応次第とする。

当たり前だがビジネスメールなんて慣れていない。ＷＥＢで凡例を検索したりしながら、えっちらおっちらと記述していく。

《さて御社ご依頼の件です。ご承知のことかもしれませんが、心ぴょんぴょんはまだ学生の立場であり、社会経験にとぼしく、また現在のところは当人もプロとしての道を歩むことを積極的には指向しておらず――》

一時間以上の試行錯誤を経て、一応それっぽい文面を書くことができた。

涼風に内容を確認してもらう。

いちおう目を通しはしたものの「お任せします」と手のひらを合わせて、ふたたび先生はスマホの画面に没入していった。指の動きもさることながら、視線がものすごくせわしない速度で上下左右に揺れている。集中してるね。

メールの送信ボタンを押して、俺はそっとその場を離れた。

料理に掃除に洗濯、その他にも自分のあれこれなど。やるべきことは山ほどある。

これもマネージャーの仕事のうち、だろう。

マネージャーというか付き人というか、雑用係と呼んだ方がふさわしいかもしれないが。どのみちこういう配役になることは必然だったし、むしろお互いの役割がハッキリしたことで気分は悪くない。

掃除機をかけ、ゴミをひとところにまとめる作業をしながら、俺はぼんやりいろんなことを考えた。

　最新かつ最大のトピックスは、やはり安城唯のこと。

　初めてギャルグループの昼食に付き合わされた後、あのプチ女王様はこう言ったのだ。

『今日のお昼ゴハン楽しかったねー！』

『オタクくん、明日も一緒に食べる？　食べるよね？　オッケー決定〜』

『は？　拒否権とかねーから』

『まあ毎日はカンベンしてあげるけどー。基本、ゆいが声かけたら来てもらうから。つーか来させるから』


　……ま、断れるはずもなく。

　なんかとりあえず、そういうことになるらしいのだが。

　というのはつまり、【安城唯】【御木本やよい】【仁科清美】という、学校全体を見回してもトップクラスのイケ女たちと、ものすごく接点ができてしまうことになるのだが。

　安城のやつ、いったい何考えてんだ……？

　俺なんぞをグループのゲストに誘って何の意味がある？

　手札の優先権があちらにあるのはわかるけど。

何ならこっちは弱みを握られてるに等しいんだけど。

どこか、安城の言動が遠回しなように思えてならない。涼風を軸にして何かしら事態が進んでいるんだろうけど、具体的にそれが何なのか……ギャルグループ内の覇権争いとか？　誰がボスなのか、マウンティングしてわからせようとしてる？　涼風と俺に何かしら関係があるのがシャクに障る？　そもそも俺のことが気に食わないだけ？

うーん。

どれもこれもピンと来ないな。

無関係ではなさそうだけど、核心は突いてないって感じ。


『おまえ、今日からゆいのドレイな』

『一ノ瀬(いちのせ)に言ったら殺すから』


……脅すつもりにしてもヘンじゃないか？

なぜ涼風に言ったらダメ、なんだ？

そもそもドレイにしてなくないか？　大げさに言ってみただけか？　涼風（ズッ友）が世話になってることを知って遠慮してるのか？

いろんなことを考えながら家事に集中して、気づいたら小一時間が経(た)っていた。

スマホでメールをチェックしたら、先ほど出したメールのレスがもう来ていた。

ゲーム会社と出版社、二社ともに。

「早っ！」

これが社会人パワーなのか？

もしくはイラストの納期が思ったよりヤバいことになってるのか。

ともあれメールを確認してみる。


《ご返信ありがとうございます。

心ぴょんぴょん先生の状況について承知いたしました。催促を繰り返すようなメールを何度も送ってしまい申し訳ございません。心ぴょんぴょん先生に不要なプレッシャーを掛けてしまったようであれば、心苦しく思います。

マネージャー様も新たに関わっていただけるとのことで、今後は連絡が取りやすくなるものと安心しております。さて、当方の状況につきまして、あらためてご説明させていただきますと――》

……二通のメールを読み比べて、ひとつわかったことがある。

現状、出版社の方はいささかの余裕があるようだ。

今後の連絡ルートが確保されたことに、まずはホッとしている様子が文面から伝わってくる。心ぴょんぴょん先生にイラストを担当してもらう方針に変更はないし、イラストを担当するライトノベルの発売を延期することもないが、〆切りがヤバすぎて冷静さを欠く、という感じではない。

そもそも『やれたらやる』ぐらいのスタンスを示した心ぴょんぴょん先生に、それでも是非、と依頼してるぐらいなんだから。当然といえば当然の対応か。

より問題なのはゲーム会社の方だった。

《(前略)――マネージャーさんには、心ぴょんぴょん先生と身内であるかに関わりなく、しっかり仕事をしてもらえればと思います。しっかり仕事をするとはつまり、心ぴょんぴょん先生のスケジュールをきちんと管理して、必要なイラストを必要な時にきちんと納品することです。

ゆるい条件なのはわかっていますが、それでも依頼を受けたからには、少なくともメールに返信をすること、依頼を果たすことに前向きな意思を示すことは、絶対に必要なことでしょう。

Twitterを見ると、最近の心ぴょんぴょん先生は、積極的にイラストをアップされていますから、描く能力があることはわかっています。この描く能力を、こちらの仕事にも回

してもらわないと困りますし、それはマネージャーさんの仕事です――》

吐責の調子が強い。

ゲーム会社、けっこうストレートにモノを言うよな。

あと気づいたが、メールの文面が若い。俺が間に入ったことで態度を変えた可能性もあるが、それでも明らかに出版社よりも遠慮がない。もっと言うと、ビジネス的な雰囲気が薄いというか。

業界の差かな……などと考えつつ、返信内容を考える。

《(前略) ――すでにご承知のことと思いますが、心ぴょんぴょんの能力が発揮できるタイミングはとても限られております。当人に【何かが降りてきた】状態でないと、筆がまったく進まないタイプの絵描きです。

そこをおして、無理に仕事をさせようとすれば、かえって難しい状況になるかと思います。このことは、身内の私から見て確実に言えることです。

いかなる条件であれ、心ぴょんぴょんが『やれたらやる』という意思を示したからには、可能な限りご希望に添う形にしたいと、マネージャーの私は考えております。まずは、どうしたら心ぴょんぴょんを【何かが降りてきた】状態にできるか、その方法を模索していきたいと思います。

　また仕事の進め方について、具体的なお話ができればと思います。なおその際は、恐れ入りますがメールにてお知らせください――》

　ざっとこんな感じだろうか。

　今、俺がマネージャーとしてやれることは、こんなもんだろう。

　電話とかオンライン通話をなるべく避けるのも、あらかじめプランしていた。

　新マネージャーが高校生だってことは、正直なところ伏せておきたい。少なくとも積極的にいま出したい情報じゃない。余計な揚げ足を取られたくない状況だし、そのへんに触れられそうになったら上手(うま)くはぐらかせるようにしたいよな。


　そしてこんなやり取りをしていると、あっという間に時間が過ぎていく。

　いち高校生としては、今日やれるのはこのあたりまで。

「おーい涼風さーん」

　義妹に声をかけて、本日の業務を報告した。

　興味はないかもしれんが〝ほうれんそう〟はしっかりしないとな。ほぼ全権を委任されてるとはいえ、彼女の意にそぐわないことがあっては困るし。

「ふん、ふん」

俺の説明を、涼風はこくこく頷きながら聞いた。

聞き終えてから、ちょっと真面目な顔をして考え込んだ。

え、何？

何かマズい対応をやらかした？

いやでもわりとベストは尽くした気がするんだけどな……どこかしらに失礼があったのだろうか？　もしくは業界的な常識とズレたことしてたとか。

「お兄ちゃん」

「は、はいすいません、すぐに対応しま――」

「かっこいい」

「へ？」

「お兄ちゃんかっこいい」

面食らった。

涼風は引き続き真面目な顔だ。

「なんかすっごいできてる。仕事」

「え？　そ、そう？」

「メールの文面もなんか大人っぽい。わたしにはできない」

「そ、そっすかね」

「お兄ちゃん、何かやってた？」

「何かって？」

「仕事の経験とか」

「いや高校生なんで、実務経験とかは特に……短期のバイトぐらいはやったことあるけど」

「バイトって、誰かのマネージャーやってたとか？」

「いやそういうわけじゃないっす」

「メールをたくさん出す仕事？」

「ってわけでもないかな」

「じゃあなんでできるの？」

「なんでって言われても、いろんな場面を思い出したりしながら、みたいな？　小説とかマンガとかでさ、仕事やってるシーンとかあるじゃん。そのへん参考にして……というか涼風からやってくれって言われたから……」

「しかも仕事してる間に、掃除とか片付けとかもやってる」

「そりゃまあ、メールのレス待ってる間は時間あるし……」

「すごい。尊敬する」

ストレートに褒められた。

尊敬の眼差しである。

いやまあ。そういう目で見られるのは、悪い気はしないけど。

でもこれ、俺はまだ何も成し遂げてないからな？

クライアント相手にようやくコミュニケーションをし始めた、ってだけだからな？

褒められて悪い気はしないけど、あまり真には受けないようにしておこう。調子に乗ったり自分を信じすぎたりすると、ろくなことにならん。

「でも、困った」

とか思ってたら。

涼風が何やら難しそうな顔をしている。

「困ったって、何が？」

「う〜ん……」

「メールの対応がなんか間違ってた？　だったらすぐ送り直すけど」

「んんん〜……」

「言い忘れてた要望があったとか？　あ、腹減ったとか？」

「お腹はちょっと空いたけど、でもそれじゃなくて。何が困ってるかっていうとね」

言葉どおり困った様子で。

　涼風はこう言った。

「ちょっと返せるものがないかも、わたし」

「？　返せるものって、なにが？　何も貸してないし何も借りてないけど」

「ううん。そんなことない」

　首を振って、

「お兄ちゃんの仕事がすごすぎる。わたしが思ってたより、ぜんぜん仕事してくれてる。これじゃバランス取れてないよ」

「……そうかあ？」

「そうだよ」

「心ぴょんぴょん先生の〝仕事〟の方が百万倍すごいと思うけどな。そっちのイラストは誰も真似（まね）できないけど、俺がやってることは誰にでもできるし」

と、所見を述べたのだが。

　涼風はあんまり聞いてなかった。

　彼女の中ではもう結論は決まっていて、その後の対処をどうするか、に思考が集中してるんだろう。こういうところ、いかにも一ノ瀬涼風って感じがする。

「わたしの方がいろいろやってもらいすぎで、等価交換ってやつになってないんだよね。何とかしたいな」

「いやー。別に気にせんでも」

「気にするとかしないとか、そういう問題じゃないよお兄ちゃん」

「頼ると決めたら全力で頼るタイプ、なんじゃなかったっけ」

「それとこれとは話が別」

「イラスト描いてくれたら、ファンとしてはそれで十分なんだが。しかも俺の小説の世界観で描いてくれるんだから、むしろこれ以上は望みようがないんだが」

「だめ。それじゃ筋が通らない」

　意外とがんこだった。

　いや意外でもないか。ふわふわしたゆるい雰囲気が強めのギャルだから、つい忘れがちになるけど。普通に芸術家肌で、普通は気にしないことをとことん突き詰めるタイプ、なのだ。この妹は。

「だからね、お兄ちゃん」

「お、おう」

「わたしにやってもらいたいサービス、何かない？」

　小首をかしげて訊いてくる。

　……状況をもう少しくわしく説明させてほしい。

帰宅してからこっち、涼風はまだ着替えてない。

着替えてないが、家の中ということで、全体的にちょっとラフな様子である。

何がラフなのか具体的に言うと、制服のブラウスがやや乱れ気味になっていたり、短いスカートの裾がめくれ気味になっていても気にしなかったり。

要するにあれだ。オフモードなのである。

お外用のきっちりキメた雰囲気じゃなくて、自宅用のくつろいだ様子なのである。

つまり何が言いたいかというと、えっちなのである。

何か特にアクションを起こさなくても、今の涼風は、リビングのソファーに座ってるだけで、やけに色っぽいのである。

なるべく気にしないようにしていたけど、まったく気にしないのは無理なのである。

やってもらいたいサービス。

そんな言い回しをされると、いろいろ連想してしまうのである。


「……気にしないでくれ」

俺は紳士を貫くことにした。

武士は食わねど高楊枝。オタクの端くれとして、ここで簡単に流されるわけには、

「じゃあ、わたしが勝手にサービスしてもいい？」

何その流れ。

「目の前でニーソックスをはいて、それを目の前で脱ぐ、っていうのはどう？」

何その具体的でピンポイントすぎる提案。

「お兄ちゃん、そういうの好きかなと思って」

そりゃ好きだけどさ！

ニーソの生脱ぎを嫌いなオタクなんてこの世に存在しないだろ！

でもそういう問題じゃないでしょ！

「ちょっと取ってくる」

こういう時だけ行動力のある妹だった。

とてててて、とリビングを出て行って、またとててててて、と戻ってくる。

ニーソを持ってきた。

黒じゃなくて白のやつ。

それ、よりマニアックさが増すヤツじゃん。

というか持ってるのね、そういうアイテム。

「じゃ、はくね」

「え……ホントにやるの？」

「うん。そこ座ってて」

俺はソファーに座っている。

涼風は椅子を引っ張ってきて、そこに腰を下ろした。

俺の方が少し、彼女を見上げる形になる。

「しつこいけど、マジでやるの？」

「うん」

「どっちの方が仕事してるとか、貸し借りとか、そういうの気にしなくていいんだが」

「それじゃ筋が通らない」

がんこだった。

言い出したら聞かないタイプなのは明らかだった。

怒ってるとか、目が据わってる、とかじゃないんだけど。

なんかもう、全身から意思の固さがにじみ出てるんだよな。

じゃあガチでやるのか。

校内の誰もが憧れる、トップギャル様の生着替えが。目の前で執り行われるのか。

「…………」

涼風は〝サービス〟を始めた。

椅子の端っこに踵（かかと）を乗せて、片足座りになる体勢。

薄いナイロン製の白ニーソ。

両手ではき口を広げて、素足をそっと入れていく。

「…………」

俺はごくりとつばを飲む。

時間がひどくゆっくり流れるような。

スポーツ選手がよく言う『ゾーンに入った』というやつなんだろうか。

まるでコマ送り。レッドゾーンまで振り切っている俺の脳みそは、妹の動きのひとつひとつを、映画のフィルムのように焼き付けていく。

きれいにペディキュアされた爪。

形のよい足。

さらさらでつやつやなふくらはぎ。

細いくせにしっかり肉付きのいいふともも。

それ単体ですら年齢制限に引っかかりそうな脚が、つるつるの白ニーソを纏(まと)っていく。

足の先から、くるぶしの上へ。

涼風の肌が持つ天然の白さ。

ナイロン生地の素材的白さ。

交じり合う。

文字どおりの〝交合〟。

「…………」

「…………」

心臓が早鐘を打つ。

こんなのよくない、やっぱりやめておこう、というセリフが喉に絡め取られて消える。

膝をぐいっとあげながら、太ももの根元近くまで白ニーソが引っ張られる。

プリーツスカートのひだがはらりと落ちかけて、太ももと太ももに挟まれてた奥の方がぎりぎり見えないところで止まる。

もう片方の脚も、同じスキームを経て白ニーソに包まれた。

すっく、と立ち上がる涼風。

おもむろに、くるりとその場で一回転。

広げた傘を手元でくるくる回す時みたいにスカートがふわりと花を咲かせ、浮き上がる。

膝の後ろや、太ももの裏側までも露になる。

余すところなく、隅々までご賞味ください、と。

まさしくサービス。まさしく心遣い。

「…………」

「…………」

俺は呆けたように口を開け、目の前で起きていることのひとつひとつを、決して忘れな

いよう記憶していく。

涼風が白ニーソを脱ぎ始めた。

さっきまでとは逆の順序で、これまたゆっくりと。

前屈(まえかが)みの姿勢。

大きな胸が揺れる。

揺れるというか、太ももという壁に押されて、ぎゅっとお餅みたいにつぶれる。

胸の谷間を見せつけながら、少しずつ、少しずつ白ニーソを脱いでいく。

さっきまでとは逆の順序、だけど逆再生とはちがう、これまたひとつの味わい。

一粒で二度おいしいとは、まさにこのこと。

「はい」

ちょこん、と椅子に座り直して、涼風が言った。

「これでおしまいです」

「…………」

「お兄ちゃん?」

「…………」

「……何か言って。恥ずかしくなってきたから」

涼風はそっと目を伏せた。

あまつさえもじもじし始めた。

めちゃくちゃ照れている。

新しい妹、初めての義妹ができてから十日ほど。

この短い期間にいろんなことがあったけど――

こんな表情を見るのは、初めてのこと。

「……ぷは――っ！」

ほとんど呼吸を忘れていた俺は、そこでようやく息をついた。

どうやらけっこう長い間、呼吸を止めていたらしい。

とにかく空気を貪る。酸素不足。

「だいじょうぶ？　お兄ちゃん」

「だ、大丈夫……はい、大丈夫……」

ぜんぜん大丈夫ではなかった。

脳みそパンクするかと思ったよ、マジで。

つーかやめてほしいよ、ホント。

これだけ〝サービス〟しといて照れるとか。ギャップでかすぎて感情バグるだろ。

見た目ギャルなんだからさー、『オタクおめー興奮してんじゃねーよキャハ』ぐらいのテンションでいてくれよ。

さもないと、ときめいてしまうぞ？

「足りた？」

「な、何が？」

「がんばってくれてるお兄ちゃんへのお返し。足りた？」

「足りたっていうか、なんていうか――」

「黒ニーソも持ってくる？」

「いやヤメテかんべんしてくださいというかこれ以上はダメですストップです」

あわてて止めた。

涼風は微笑(ほほえ)んだ。

「じゃあこれから先も、いろいろ返していくね」

「な、何を？」

「お兄ちゃんへのお返し」

「お返し？」

「うん。お兄ちゃんは、それだけのことをやってくれてると思うから」

……てことは、つまり。

この手の高度すぎるご褒美が、今後も折に触れて提供されるってこと？

彼女のマネージャーを続けていられれば、の話だけど――今のところ、一応ではあるけど、四苦八苦しながらもこなせているわけで——まあ大した仕事はしてないと思うんだけど、涼風にとっては替えの利かない役割、ってことになるらしく——

「ところでお兄ちゃん」

「な、なんすか？」

「わたし、お腹すいた」

「……まあ、ちょっとわかる」

このターンが始まる前に夕食は済ませてるんだけど。

正直、これだけ感情のアップダウンが激しいと、カロリー消費も半端じゃないよな。

「わかった。なんか作るわ。夜食っぽいもの」

「わーい」

「軽くだぞ？　簡単に作れるモノだけな？」

立ち上がってキッチンに向かい、エプロンを腰に巻く。

わくわくの様子でこちらを見てくる視線を背に、俺は思うのだった。

俺の理性、いつまで保つかな、と。

†

しかも、だ。

この話はここで終わらない。

そうめんでも茹(ゆ)でようか、と鍋を火に掛け、何とはなしにスマホをチェックした俺は、早くも依頼先からのメールの返信が届いていることに気づいたのだ。

そしてそのメールを一読した俺は、

「……えええええ……？」

おどろきと困惑の声をあげる羽目になったのである――。

第五話 ⊗ 伏線の回収はのんびりと（回収しつつまた伏線を張る）

[love life with kamieshi GAL sister]

「……きょうぎょうの提案？」

涼風の反応は、概ね予想どおりだった。

白ニーソ脱ぎ→はきプレイという『美味しいけど何故このタイミングで？』とツッコミたくなるサービスを頂戴した直後。

涼風のメールアドレス（俺が管理権限を渡された）に届いた返信に記されていたのは、クライアントからのとある提案だったのだ。

「協業な、協業。一緒に仕事しましょう、ってやつ」

「あー。うん、はいはい」

ピンと来てなかった涼風だが、簡単な説明で理解してくれた。

『御社と弊社、タッグを組んでお互いの強みを提供し合い、WIN-WINの関係を構築していきましょう！』

みたいなやつ。

「どっちから来たの？　その提案」

お箸を持ち上げながら、涼風が訊いてくる。

夜食はサラダ風のそうめんにした。トマトにキュウリにシーチキン。就寝前のメニューとしては十分すぎるだろう。

「ゲーム会社の方から」

俺もそうめんに箸を付けながら言う。

「まあ読んでもらった方が早いと思うんで。見てもらえるか？」

「んー……」

「なんかご不満そうですが」

「マネージャーの仕事はお兄ちゃんにお任せしてるから」

「そりゃそうだけど。この手の話は自分で確認しといた方がいいと思うぞ？」

「うん。わかってるけど、でも」

広いダイニングテーブルに、わざわざ隣の席。

いつもどおりやたら近い距離で、やけにきらきら光る瞳で。

じっとこっちを見つめながら、妹はこう言うのだ。

「わたし好きだよ、お兄ちゃんのお話を聞く方が。お兄ちゃんの口から説明して？」

「あ、はい」

……さらっとドキリとすること言うっすね。

思わずキョドってしまったが、今は仕事の話が優先だ。

「ええとつまりだな。ゲーム会社の方はこう言ってきてるわけです」

「うん」

「まず第一に、涼風があんまり扱いやすいタイプのイラストレーターじゃないってこと」

「それはわたしもそう思う」

「俺がマネージャーになる前は、メールの返信もぜんぜん出さないし。『やれるだけやる』って言ったけどガチで何もやってないし」

「ご迷惑をお掛けしてます」

「しかもだな、俺がずぶの素人だってことも、向こうは理解してる。こっちからわざわざ伝えたわけじゃないけど、まあ状況的にはバレても仕方ないよな」

「お兄ちゃんはすごいマネージャーだよ」

「ありがとうございます。……でも素人なのは事実だし、何をやるべきなのか手探りだし、正直ちょっと困ってるのも確かなわけだ。そこんところも向こうは見越してる状態」

「それで協業の提案？」

「そういうこと」

具体的な提案はふたつ。

①マネージメント業務のお手伝い
②プロデュース業務のお手伝い

前者は、俺が今やってることの延長だ。

涼風＝心ぴょんぴょん先生が仕事をしやすい環境を整えるために、あらゆることをする。スケジュールを管理したり、メールに対応したり、Twitterでの情報発信をコントロールしたり――さらには食事を作ったり、寝かしつけをしたり、服を着替えさせたり、といった身の回りのお世話も、マネージメント業務に含まれるかもしれん。

そういった諸々(もろもろ)のタスクの何割かを、ゲーム会社側は請け負うと言っているのだ。

ある意味では自然な流れだ。

ろくにメールの返信すらしなかった心ぴょんぴょん先生と、俺が間に入ったことによって、曲がりなりにも連絡が取れるようになったんだ。絶対に先生と組みたい相手からすれば、今の状況は願ったり叶(かな)ったりなんだろう。

そして後者は、①からさらに一歩踏み込んだ内容、と言っていいか。

心ぴょんぴょん先生の才能を世に広げていくため、様々なご提案をさせていただきたい、と向こうは申し出ている。

　今すぐどうこうというイメージはないが、いずれ涼風の才能が広く認知されていく未来を、俺は確信している。

　その場合はなるほど、これまた素人の力では及ばない状況も出てくるだろう。

　他ジャンルとのコラボレーションを手始めに、露出を増やしていったり、公開する情報を調整したり——ちょっと高校生ひとりでやるには無理がある業務だ。ノウハウを教えてもらえるのであれば御の字、なんならこっちから頼みたいぐらいである。

「——とまあ、そんな感じなんですが」

「うん。理解しました」

「で？　どうですか先生、この話は？」

「興味ないです」

「だよなー」

　当然である。

　この流れで乗ってくれるなら、俺もクライアントも初めから苦労しない。

「でもさ涼風。相手が言ってきてることも一理あるぞ？」

「ふんふん？」

「相手さんにはノウハウがある。資本もコネもだ。単純に人手が増えるだけでも大助かりだし、【心ぴょんぴょん】がこの先もっと名前を売っていくためには、コンサルタントみたいなのが間に入るメリットはあると思うんだが」

「んー。そだねー」

「……ガチで興味なさそうっすね」

「うん。ピンと来ないから」

トマトを口に放り込みながら、涼風。

「それにたぶん、今はそういうタイミングじゃないよお兄ちゃん」

「というと？」

「もともとわたしって、好きでイラスト描いてるだけだから。それをお仕事にする感覚があまりわからない、ってのもあるけど……そもそもわたし、お兄ちゃんにマネージャーをお願いしたばかりだよね？」

「うんまあ。そうだね」

「だったらまずは、お兄ちゃんにがんばってもらいたいな、って。そもそもわたしってさ、お兄ちゃんだからマネージャーを任せようと思ったし、お兄ちゃんにやってもらいたいからお願いしたんだよ。それなのにコンサルみたいな人が間に入ったら、わたしぜんぜん嬉しくない。というかそもそもやる気が出ない。別にやる必要ないんだもん、ゲームの仕事とか、小説の仕事とか」

「まあ、そうかもっすね……」

「それにわたし、お兄ちゃんとの〝取り引き〟で描こうとしてるイラストで忙しいから。他のことあんまりできないと思う。もし本気で他の仕事をするってなったら、お兄ちゃんのためのイラスト描いてる時間なくなるし。そうなったらお兄ちゃん、タダ働きになるよね？　そうなったら困るでしょ？」

「まあ、困るっすよねえ……」

「というかもしもだよ？　そのコンサルやるって言ってる人——ゲームのプロデューサーか何かだっけ？　その人がものすっごいわたしと相性良くて、仕事もできる人だったら。お兄ちゃんの出番なくなるんじゃない？」

「それも否定できないっすねえ……」

めずらしく口数の多い涼風。

しかも言ってることが逐一、的を射ている。

俺はどこぞの小役人よろしく、かしこまって頷（うなず）くしかない。

「そもそも、だよお兄ちゃん」

キュウリをかじりながら涼風。

「コンサルの仕事もマネージャーの仕事も、お兄ちゃんが百パーセント全部ちゃんとやってくれるならさ。こんな話はする必要がないわけだよね」

「まあ……はい、そっすね、そうかもっす」

「………」

涼風が急に黙った。

「ん？　どした？」

「えーとね、……わたし、言いすぎちゃってる？」

「……お？」

「ていうか、うん。言いすぎてるよねこれって。お兄ちゃんに甘えすぎてる。お兄ちゃんはすっごいがんばってくれてるのに」

しゅん、としている。

あの一ノ瀬涼風が。

あの心ぴょんぴょん先生が、だ。

「でもね、お兄ちゃんがもっともっとすごくなってくれたら、他の人の力を借りなくても済むと思ってるから。わたしはその方がいいと思ってて。わたしとお兄ちゃんのふたりで全部やれるのが、いちばんいいな。お兄ちゃんはどう思う？」

「ん、ん〜……それはまあ、確かにそうなのかも？」

「それにわたし、お兄ちゃんと〝取り引き〟してるからやる気があるんだよ。お兄ちゃんの考えてたファンタジーの小説の設定も、好きだしさ」

「お、おう」

困る。

そんな風に真っ直ぐな目で見られると。

そして、そんなどストレートに『好き』と言ってもらえると。

さすがにちょっと落ち着かなくなるんだよな。いろんな意味で。

†

と、いうわけで。

『じゃあ協業の話はナシ寄りの方向で？』

『えーとね、最終的にはお兄ちゃんが判断して？　お兄ちゃんはわたしのマネージャーなんだから、わたしはお兄ちゃんの言うこと聞くよ。ゲームの仕事も小説の仕事も、やるならやる。ぜんぜん気が乗らなかったらごめんだけど』

みたいな話の流れに落ち着いた。

夜食の時間は終わり、片付けやら明日の用意やらも済ませて、今は就寝前のちょっとしたブレイクタイム。

この時間だけは束の間の平穏が訪れる。

涼風はリビングのソファーに寝そべって、イラストを描くのに集中している。

先生がノってる時は、なるべく邪魔しないように。

俺はコーヒーを淹れながらスマホを弄っている。父と義母の帰りは今夜も遅い。

（悪くない話だとは思うんだけどな……）

協業の提案の件だ。

ちょっと状況を整理する。

提案してきたのは、ゲーム会社【ブルーアーク】。

わりと新しい会社ではあるが、スマホのアプリゲームでヒット作を出していて、大手とまではいわないが勢いのある会社だ。

涼風にアプローチをかけてきたのは、ブルーアークのプロデューサー【サトウカズヤ】を名乗る人物からである。

この手のお誘いが来た際のお約束だが、まずは【サトウカズヤ】が信頼に足る人物かどうかを確認する必要があった。

結論から言うと、ブルーアークに【サトウカズヤ】が在籍しているという確認は取れなかった。

とはいえメアドのドメインはブルーアークのものだし、正社員ではなく、業務委託の人なのかもしれん。まあ最終的には関係各所に問い合わせれば済む話だが、依頼を受けるのに前向きだと受け取られる恐れがあるので、まだそこまではやってない感じ。

というか直接会うまでは契約しないし、もちろん言質を取らせたり口約束を交わしたりもないけどな。駆け出しとはいえマネージャーなんだから、そのあたりはちゃんとする。

涼風は乗り気じゃない様子だし、こっちから前のめりな態度を示す必要はない。

……話がそれた。

とにかく、そういった諸々を考慮しても。

協業の提案、悪くないと思うんだけどな。

まず第一に、俺にやれることなんて限られてる、ってのは大前提だから。涼風の価値を高めていくためには、誰かの力を借りるのは必然なわけですよ。

だけど『興味がない』と言われてしまっては仕方ない。

無理にあれこれやらせようとしたって、モチベーションの維持に影響が出てしまっては元も子もないだろう。

そもそも俺の仕事は、涼風にとって面倒なことのすべてを一手に引き受けて、彼女がイラストを描くのに集中できる環境を整えることだ。

それ以外はすべて二の次。

ゲーム会社にも出版社にも、気長に待ってもらおう。

元々そういう話だったんだし、欲張るとロクなことないからな。

（そして俺、けっこう喜んじゃってるな……？）

コーヒーをすすってるのは、ニヤつく口元を隠すためでもある。

だって、これだけ全面的に頼ってくれてんだぜ？

あの神絵師が。

あの心ぴょんぴょん先生が。

俺のためのイラストに時間を使いたいし、俺のためのイラストだからやる気があると。

なおかつ、ほとんど全権を俺に任せると。それだけ信頼してくれてると。

言ってくれてるのだ。一ノ瀬涼風が。クラス内だけでなく、学校全体から見てもトップクラスの美少女ギャル様が。

そりゃあニヤつくよ。

ニヤつかせてくださいよ。

今が人生のピークかもしれないんだ。こういう時ぐらいは調子に乗らせてくれ……

と、その時だった。

スマホの画面に、LINEのメッセージがポップアップ。

「……うおっ⁉」

思わず声が出た。

「なに？」

涼風が耳ざとく反応する。

「なにかあった？　お兄ちゃん」

「あーいや。別にそういうわけじゃ」

「ふーん」

ジト目。

「隠しごとするんだー、お兄ちゃんも」

「え？　いやそんなことは」

「女のひと？」

「えっ」

「へー。そうなんだー」

そう言って、涼風はまたイラスト制作に戻っていった。

俺は冷や汗をかいた。

涼風って、なんか動物的なカンの良さがあるよな……。

大当たりです。

めったにないこと、というか基本的に絶無と言っていいんだが。

LINEの相手は確かに〝女のひと〟だった。

緊張しながらアプリを開く。

『嵐山くん、お久しぶりです』

……おおう。

また冷や汗が出た。

さっきとは別の意味での緊張であり、警戒である。

なぜ今、このタイミングで、なのかはわからないが。

知らない相手が電話番号から友達登録して、謎の連絡をよこしてきた――というわけではない。

天原翔子。

俺の中学校時代の同級生であり、同じ文芸部に所属していた女子であり――ひとことでは説明できないが、とにかくまあいろんなことのあった、人生において決して忘れることのできない相手だ。

え、どうしよう？

返信すべき？

それ以前に既読つけるべき？

それは今？　それとも明日以降？

迷ってる間に次のメッセージが来た。

『中学校を卒業してから、一年以上が経ちますので。同窓会ってわけじゃないけど、ちょっと集まってお茶とかしてもいいな、という話が、文芸部の中で出ているようです。それで何だか懐かしくなって、連絡しました。嵐山くんは興味がありますか？』


天原翔子は文芸部の部長だった。

それもいわゆるエース格の存在だった。

文芸部に在籍している間に書いた作品の数は、お世辞にも多くなかったし、コンテストで金賞とかたくさんもらってた——みたいなタイプじゃなかったけど。その才能は部員の誰もが認めていた。もちろん俺もそのひとりだ。

彼女の書く、平易で読みやすくて、それでいて決して淡泊にならない、味のある文章は。

俺にとってちょっとした憧れだった。

もっと言うと、だ。

天原翔子は、俺が小説を書くのをやめたきっかけ、だったりする。

（どうする……？）

迷った。

無視する手はある。

もしくは今日でなくてもいい。

同窓会と言ったって、ほんの一年ちょっと前までは顔を合わせていた連中だ。懐かしさを覚えないではないが、今は涼風の件で大変なことだらけだし、言い訳はいくらでも立つ。

でも……なんだろう？

このタイミングでこの連絡。

涼風には遠く及ばないが、俺だってカンが働くことはある。

未読のままスルーできたら楽だなー、と心のどこかで思いながらも。俺は半ば反射的にスマホをフリックし、レスを返していた。『ひさしぶり。興味あるよ』

『そうですか。よかった』

すぐに既読がついて、すぐにメッセージも返ってきた。

『実はわたし、中学を卒業してから、人生がいろいろ変わってきています。お会いしてご報告できることもあるかもしれません。楽しみにしています』

……へえ。

そっか。天原は変わったのか。

地味めな見た目で、振る舞いも地味だったし、おどおどしたりキョドったりすることも多いやつだったけど。部長としての責任はしっかり果たしていたし、部員たちからも人望があった——とまでは言わないけど。少なくとも彼女を積極的に攻撃したり非難したりする部員はいなかったと思う。

なんせ小説が上手かったからな。天原翔子は。

文芸部にいる人間にとって、小説が上手いやつは神なんだよ、なんだかんだで。

彼女の人生が今、調子いいのなら。素直に祝福したい。

感慨にふけりつつ、何か適当なレスを返そうと考えていると。

天原翔子から別のLINEが届いた。

『嵐山くんは今、小説を書いていますか？』

……うむ。

うう、む。

わりと繊細な話題、持ち出してきたなあ。

とはいえ、だ。

中学を卒業して、新しい環境に身を置いて、もう一年以上が経っているわけだし。

小説をやめる際に、そこまで深刻な葛藤とか、人生を左右する問題とかも、なかったわけだし。

あのころは、その話題に触れることなんて考えもしなかったけど。

今になってみれば、俺が小説を続ける続けないみたいなトピックスは、本当に小さなことなんだな、って思えてしまうのだ。

環境が変わったんだよ。

本当に。激変したんだ。

一ノ瀬涼風が、心ぴょんぴょん先生が、俺の人生に関わってきたから。

しかも、俺が書いていた小説の設定の世界観を、先生が描き起こしてくれる、夢みたいな話になってるわけだ。

動揺の時間は短かった。『小説は書いてないよ』なるべく淡々と俺はレスをつけた。

『そうですか。残念です。とても』

『○月×日は、予定を空けておいてもらえると助かります』

『場所はまた連絡します』

『場所以外の連絡も、またします』

そこから立て続けにメッセージが飛んできて、最後はスタンプがついた。

猫を擬人化したキャラクターがお辞儀をする、可愛いやつだ。誤解を恐れずに表現するなら、ギャルとかが使ってそうなイメージのやつ。

このスタンプひとつとっても、『いろいろ変わった』という天原翔子をなんとなく想像できる気がした。

文芸部の同窓会。

俺の人生で避けては通れなかった、天原翔子という存在。

立て続けにやってくるんだよな、こういうことって……ここ最近の人生急変について、あらためて遠い目になりながら。まずはゲーム会社に返信する文面を、脳内で推敲し始める俺なのだった。

†

鈍い、と笑っていただいて結構である。

でも、この時の俺には本当にわからなかった。

伏線めっちゃ張られてるのにな……まるで天原翔子が得意だった、ちょいミステリ要素の入った小説の展開みたいにさ。

第六話 ⊗ 来た、見た、……勝った？（その1）

そしてゴールデンウィークがやってきた。
それはつまり、安城唯の襲来を意味する。

†

「ふーん？　悪くない家じゃーん？」

女王様の第一印象は悪くないとのことでした。

築十年の我が家、３ＬＤＫのマンションである。

「わりとフツーな感じのマンションだケドー。シンプルっていうか気取ってないっていうかー。ゆい、こういうの嫌いじゃない的な？」

「あはは……そっすね」

「おめーに聞いてねーよオタク。ここって一ノ瀬の家だろ？　なんでオタクが自分の家みたいな感じで答えてんだよ。ん？」

「……えーとすいません、ホントそうっすよね。……一ノ瀬さんどうっすか？」

「うん？　なにが？」

「安城さんが、このマンションの部屋について感想を語っておられます。こういうの嫌いじゃない、とのことです」

「うん。よかった。安城さんに気に入ってもらえて」

「……だ、そうです」

「キャハ。なんでオタクくん、通訳みたいなことやってんのー？　超ウケるー」

めずらしく休みを取って在宅の予定だったんだが、あれこれ根回しして外出してもらった。たいへん申し訳ない。

ちなみに父も義母も不在である。

俺と涼風が義理の兄妹であることを伏せている以上（そろそろバラしてもいい気はするんだが）、両親がいると話がややこしくなる。安城唯の出方もよくわからんし、ここは致し方ないところだと思う。父と義母にはいずれ埋め合わせをさせてもらおう。

「わーお。けっこーいい家具使ってんじゃーん？」

安城唯がソファーに腰掛けた。

ぼふんっ、と音を立ててソファーが揺れる。

リビングに案内するなり遠慮なしのダイブだった。

さすが女王様。物怖じって言葉をご存じない。

「てゆーか趣味いい感じ？　インテリアもごちゃついてないし、カラーリングも落ち着いててさー。ゆい、ちょっと気に入ったかも」

「……あの、安城さん」

「んー？　なにオタクくん？」

「確認なんですけど。御木本さんと仁科さんは来ないんですよね？」

「だからそー言ってるし。ふたりとも用事ができた、ってー」

そうなのである。

予定では六人で、という話だった。

今日この日、一ノ瀬家（＆嵐山家）に来訪するのは、御木本やよいと仁科清美も一緒だったはずである。

なのに待ち合わせ場所にふたりは来なかった。

絵に描いたようなドタキャン。

今日のイベントについてあれこれシミュレーションしていた俺の目論見は、早くも外れたことになる。

「えーなにオタクくん？　ゆいだけじゃ不満ってコト？」

「え、いやそんなことは」

「やよいも清美も人生あるんだからさー。なんか理由できて来れなくなるのは仕方のないことじゃん。ねえ一ノ瀬？」

「うん」

自分もソファーに座りながら、涼風が頷く。

「わたしも気にしてないよ。ふたりとも来れたらよかったのにね」

……元からそうなのだが。

一ノ瀬涼風ってやつは、あまり表情が読めないタイプだ。

喜怒哀楽の表現に落差が少ない。

慣れてきた俺はそれなりに理解できるけど、たとえば今の彼女はアルカイックスマイルで、どうとでも解釈できるズルい表情をしている。

対する安城唯は、見ていて愉快になるくらい表情がコロコロ変わる。いわゆるオーバーアクションで、身長の低さもあいまって子供っぽく見えなくもない。もっとも俺に対する風当たりは基本的に強いので、悠長に構えてもいられないのだが。

さておき。

これはやや有利な状況といえる。

御木本と仁科が来ないのは、ある意味では間違いなくプラスに働いている。

なぜなら俺に課されたミッションは、

〝お客様をほどよくおもてなしして、適度なところでお帰りいただくこと〟


であるから。

俺と涼風は、同じ家に住んでいない態（てい）で、もちろん義理の兄妹であることも伏せておく
——言葉にすると簡単だが、このコンセプトを成立させるためには並々ならぬ努力が必要だった。

というのも、この３ＬＤＫマンションはそもそも俺・嵐山新太（しんた）の家なわけである。

なおかつ十年にもわたって、俺と父親のふたりで住んでいた家なのである。

『無理じゃないかな』

ミッションの説明を聞いた涼風は、コンマ一秒で否定した。

『だってこの部屋、ものすごく男の人の家だよ』

そのとおりだった。

オタクくんの俺にだってわかる。我が家はあまりにも男所帯すぎる。

何がどう、と言われたら困るけど。基本的に灰色というかモノクロというか、華やかさが足りないのである。

花は飾ってないし、ぬいぐるみもないし、ファンシーさが足りないというか、とにかく実用一辺倒で、味けがなくて。とてもじゃないが〝一ノ瀬涼風が長年暮らしている家〟としての説得力がないのである。

片付けやら整理整頓やらは、それなりにやってるつもりだが。なんというかこう、滲み出る男臭というか……いや実際にニオイがキツいってことはないと思うんだが、それだって長年住んでる自分の嗅覚を頼りにしてることだし。

ほら、よそ様の家のにおい、ってやつが。あるじゃないすか？

女性が住んでる家、とりわけ若い女性が住んでる家は、やっぱそれなりの空気というか雰囲気というか、そういうのが滲み出てくるものだと思うんだよね。

そしてうちのマンションは、その真逆の味わいだと思うわけです。ごまかしようがないレベルで。

『百も承知だ』

涼風の否定を俺は認めた。

『でもな、今こそはまさに天下分け目の天王山。ここでの選択肢が将来を左右する大事なタイミングなんだ。このミッションは何としても成功させたい』

『わあ。お兄ちゃんかっこいい』

『いやごめん、そんなキラキラした目で見られると……実際には長い人生の中でもわりとどうでもいいミッションだとは思うんです。クラスメイトに俺たちの関係を今はまだ知られない方がいいだろう、ってだけの話だから』

『でもお兄ちゃんにとっては小さいことじゃないよね？』

『まあそうです』

『じゃあとりあえず、キッチンの片付けから始めるね』

『いや待って。涼風さんが手を出すとえらいことになるんですが？』

『手作りのお菓子とか作っておもてなしすると、女子っぽくなるかも』

『カップラーメン作るのもあやしい人がそれをやるんすか？』

『お兄ちゃん文句ばっかり』

『だってアナタ、悪い意味で実績ありすぎるんだもん……』

それでも〝一ノ瀬涼風が長らく住んでいるマンション〟を演出するためには、涼風本人の協力が不可欠なわけで。

詳細は割愛するけど、まあドタバタでしたとも。

同居初日以来のすったもんだでしたね。涼風の手を借りるしかないって時点で、これはもう仕方ないことですけどね。

俺、ここ数日でちょっと痩せたもんね。その事実からいろいろお察しください。

そうして迎えた本日。

どうにかして女子っぽさを演出できるよう、やれる範囲で工夫を凝らした結果、

『ふーん？　悪くない家じゃーん？』

というご評価を女王様からいただきまして、一応は報われた格好なのだが。

「あ、ところでさー」

ソファーに腰掛けた安城が、ふと思い出したように言った。

「一ノ瀬の部屋、見てもいーい？」

「ダメです」

思わず俺は即答してしまった。

すぐさま自分のミスに気づく。安城は「ああん？」とまなじりをつり上げて、

「なんてオタクが指図してんだよ。ここオマエん家か？　んん？」

「あーいや、せっかく家に来てもらったばかりだし、もうちょっと一休みというか一呼吸入れてからの方がいいんじゃないかなー……という一ノ瀬さんの心の声を、つい俺が声に出して言っちゃった、みたいな」

「なんでオマエが一ノ瀬の心の声を代弁すんだよ？」

まっとうなご指摘である。

だが涼風の部屋はダメだ。

まだこのマンションに引っ越してきたばかりで、どう取り繕っても〝一ノ瀬涼風が長らく住んでいる部屋〟にはならなかったのである。見られたら一発アウトだったので、思わず声に出ちゃいました。

「ちっ。まーいーけどさー。……あ、そういえば」

しかめ面をしていた安城が、またしてもふと思い出したように、

「この家のお風呂場、見てもいーい？」

「ダメです」

「おいおい。またオマエが即答かよオタク」

いやだって無理だもん。

お風呂場はね、涼風の部屋の次ぐらいに隠蔽が難しかったのよ。

シャンプーやらトリートメントやらは、涼風と義母のものが入ってるんだけど……それ以外の小物とかを揃(そろ)えて、なおかつ生活感みたいなものまで出すのは無理。不可能。

「いや常識的に考えて。いきなりお風呂場の案内はないかな、と思いまして」

「なーにマジな顔しちゃってんのオタクくん。冗談に決まってるでしょ、じょーだんに。いきなりお風呂場案内しろとか、ゆいが社会性なさすぎな生き物みたいじゃん」

「…………」

「おいオタク。オマエ今なんで黙った？」

いやまあ。

女王様の言うことだから、あんまり冗談には聞こえないなと。

だがそれにしてもである。

この作戦、もう意味ないよな？

だって御木本と仁科が来てないいんだから。

「ところではい、これ。おみやげね」

安城が紙袋を差し出してきた。

「中身マカロンだから。いっしょに食べよーぜ一ノ瀬」

「うん。ありがと安城さん」

「というわけでお茶、よろしく」

「お茶？」

「そりゃお茶ぐらい出すでしょ〜？　一応ゆい、お客さんだし？　マカロンも持ってきてるし？」

「うん。そっか。うん、そうだね」

涼風はうんうんと頷いた。

そしてそのまま考え込む。

一ノ瀬涼風は基本、なーんにもできないやつである。

この状況での正解が何か、彼女の中にあるデータベースから引っ張り出せないのだろう。

お茶はコーヒーがいいのか紅茶がいいのか。

ティーバッグで淹れるのか、インスタントなのか、ペットボトルなのか。

はたまたカップやらコップやらはどこにあって、どんなのを選べばいいのか。

そしてそれら一連の行動を、無事に完遂できるのかどうか。

【お茶を出す】

というだけの行動にも多数の選択肢がある。

もちろん他にもいろんな条件が絡む。涼風には難易度が高いだろう。

「…………」

そして安城は、そんな涼風の様子をじっと観察している。

時間にしてほんの数秒。

それでも俺はつい、見かねてしまった。

「あー。俺、やろうか？　お茶いれるの」

助け船を出した。

安城が、にまぁ、と笑った。

「あれあれ～？　オタクくんがやるの～？　一ノ瀬の代わりに～？」

「あ、うん。まあ」

「へー、やっさしー。仲いいよねオタクくんって、一ノ瀬とさ」

「いや別に。そういうわけでもないけど……」

「ていうか詳しいんだ？　台所の使い方に慣れてるってコト？　一ノ瀬よりも？　コーヒーとかカップとかがどこにあるかもわかってるって？　へーえ？」

「……飲み物、コーヒーでいいっすか？　安城さん」

「いいよー。お砂糖たっぷりでねー。ゆい、甘党だから」

手をひらひら振る女王様。

台所でコーヒーを探しながら（まあ探すフリだ、一応）俺は首をひねる。

妙だよなこれって？


『オタクくんってさー、一ノ瀬と同じ家に住んでるよね？』


——知ってるはずなのだ。そのことはとっくに。

ちょっと本気で調べればわかることでもある。俺の住所は十年間ずっとここなんだから。

ゆえに思っていたわけだ俺は。そろそろバラしてもいいかな、と。

バレないに越したことはないだろうけど、リスクを冒してまで隠すことでもないしな。

たぶん、そのことは安城唯もわかっている。

だからあれ以降、具体的に脅したり強請ったりはしてこないのだと、俺は解釈している。

でも、だとしたら。

安城の言動って、なんかおかしくないか？

この場に御木本やよいと仁科清美が来ているならわかる。

事情を知らないふたりの前で、俺と涼風の関係をほのめかすとか……そういうムーブをしてるなら、あーなるほどと納得しただろう。

でもちがうんだよな、明らかに。

安城唯の言動の動機を、俺は理解できないでいる。

だから余計に怖いし、びびるんだよな。ただでさえ相手はギャルで女王様で、オタクの俺からしたら圧が強い存在なのに。

「――ん！　美味しいじゃん、このマカロン！」

三人分のコーヒーが揃ってお茶会になった。

マカロンをひとくち囓って、安城が目を輝かせている。

「ほんとだ。おいし」

「でっしょ〜？　さすがゆいだよね〜」

マカロンを口いっぱいに頬張る涼風に、安城はギャルのノリで応じる。

あらかじめ言い含めているから、ってのもあるだろうけど。涼風はマイペースだ。俺がハラハラしてるのも、安城の思惑も関係なしに、いつもどおりの泰然自若。

うらやましいぜそういうの。

そして是非そのままでいてくれ。

火の粉が降ってくるなら、それを払うのはマネージャーの仕事。

引き受けた以上は最善を尽くすぜ。

オタクvsギャル女王様の構図は、いかにも分が悪いけど。神絵師が神イラストを描き続けるための環境は、よろこんで整えさせてもらう。

「安城さんはさ」

俺はおっかなびっくり切り出した。

「何かやりたいことがある……んすか？」

「は？　何オタクくん？　いきなり何の話？」

「ええと、今日ここに来る、って話をし始めたのは安城さんだし。ゴールデンウィークなんだから、他に行くところたくさんあるわけで。それでもここ――一ノ瀬さん家に来る、って決めたわけっすよね？」

「はぁ？　そーですケドー？　なんか文句でもあんの？」

「今日は御木本さんと仁科さんが来れなくて、だったらふたりが揃う日まで待つとか、次の機会まで持ち越しとか、そういう選択肢もあったと思うんすけど。それでも今日ここに来たってことは、何か目的があるのかな……みたいな」

「はぁー？　なにそれキモ」

追加のマカロンを手に取りながら、脚を組む安城。

「なに詮索してんのマジで。キモいんですけど。ゆいはフツーに遊びにきてるだけだし？　一ノ瀬の家にさ」

チェックのミニスカートにオーバーサイズのパーカー。

ピアスにチョーカーにブレスレット。

めっちゃ長くて極彩色のネイル。

いわゆる〝地雷系〟な、押しの強いファッション。

そこに加えて、自信満々で攻撃的な視線。

俺みたいな〝オタクくん〟が対峙するには、圧が強すぎる存在。

「オタクくんオマエさあ。オマケでくっついてきてる身分でナマイキじゃね？　だよねー、一ノ瀬？　ここはオマエん家なんだから、オタクくんがあれこれ口出すのはスジがちがうんじゃねーの？」

「ちがわないよ」

平然、淡々。

涼風は首を横に振る。

「お世話になってるから。彼にはわたしすごく。だから筋がちがうってことは、ないよ。ここにいてくれた方が、わたしはいい」

「っえー？　マジで言ってるそれぇ？」

「うん。マジで言ってる」

「見た目のレベル違いすぎるんですケドー？　アンタとオタククんじゃあさ」

「関係ないよ。そういうのはあんまり」

「……一ノ瀬は甘(あめ)ぇなあ」

チッ、と舌打ちしてから俺をひとにらみする安城。

俺はその圧に押されながらも、感謝の気持ちでいっぱいだった。

空気を読んで言葉を選んでくれてるんだ、この妹は。

同時に俺は図らずも、心ぴょんぴょん先生から全力の擁護を受けてしまったわけだ。

はっはっは。ありがとうな安城！　キミのおかげだよ！

俺へ向けるトゲのある視線も、脅迫じみた言動も、涼風のおかげですべて許せるぜ！

……なんてことは、もちろん口に出さず。

俺は遠慮がちにマカロンを小さくかじる。

「あ。うまいっす。マジでこれ」

思わず口に出してしまった。

「そりゃそーだっつーの」

ふん、と鼻を鳴らす安城。

「ゆいが持ってきた手みやげがマズいわけねーし。常識だろ、んなことは」

「あ、はい。そっすね。うまいっす」

「つーか、オタクくんがマカロン食べる許可とか出してないんですけどー？　なに勝手に食ってんの？　オマエこの家の主かよ？　ああん？」

「あ、はい、いや。すんません」

「みんなで食べた方がおいしいよ？　わたしはみんなで食べる方が好きかな。安城さんは、みんなで食べるの、きらい？」

「……っかー！　甘いよなー一ノ瀬は！」

安城が放ってきたジャブを、涼風の取りなしのおかげで回避する俺だった。

というか、本当に美味しいマカロンだったんだよ。

ピスタチオやらフランボワーズやら——どれもこれも、口に入れた瞬間にホロリととろけて、味と香りが一気に広がる、そのダイナミズムときたら。

多少は自分でも料理するから、間違いないと思うんだが。

たぶんこれ、本当に出来の良いマカロンだ。

普通の女子高生が、気軽に買って手土産にできる値段のお菓子じゃないと思う。めっちゃ量も多いし。三十個ぐらいあるぞ？

「安城さんって、もしかしてお金持ちっすか？」

「ああん？　なんだよオタク。いきなりプライベートにぶっこみか？　セクハラで訴えられたいわけ？」

「いえまさかそんなことは。ただちょっと気になっただけで」

「あ、わたしも気になるかも。安城さんがどんな人なのか、まだよく知らないし。知りたいないろいろと」

「オイオイ一ノ瀬ぇ。ゆいのこと好きすぎかよー？　ま、あんたが興味あるなら答えるけどさー。……いやでも、そーゆー深イイ話みたいなのはさー、もっと時間が経ってからっしょー？」

ニコニコ顔の安城。

この地雷系ギャルって、涼風のこと好きだよな？

態度があからさまに俺とちがう。

甘いよなー一ノ瀬は、みたいなこと言ってるけど。自分がいちばん一ノ瀬に甘い。

「今日持ってきてくれたマカロン。安城さんも初めて食べるやつっすか？」

「……いやだからよぉ。なんでオメーが聞いてんのオタク。一ノ瀬が聞いてくるべき質問だろ、流れ的に」

「すんません。でも一ノ瀬さん、マカロン食べるのに忙しそうなんで。安城さんが持ってきてくれたマカロンが美味しすぎるから。一ノ瀬さん、気に入ったんだと思うっす」

「えーそお？　まーそーゆーことなら仕方ないケドー」

「どこで買ってきたやつです？」

「えー？　頼んだら買ってきてくれたんだけど。パパが」

「パパというのは、血が繋がってない方の？」

「P活じゃねーよ殺すぞオタク」

「すんません」

これだけの会話でもいろいろ見えてくる。

頼めばお願いを聞いてくれる父がいて、おそらくかなり高価であろうマカロンをポンと買ってきてくれる経済力があること。

家庭でも女王様であり、甘え上手であろうこと。

機嫌のいい時なら俺の質問にも少しは答えてくれること。

とはいえ気分屋であろうから、機嫌の良さがいつ逆流するかわからないこと。

トップギャル様たちと昼ごはんを何度か食べた経験から、安城唯の〝取扱説明書〟も、ある程度は摑めてきている。

「ところでさー」

安城が話題を変えた。

「ゲームとかって、好き？」

「ゲームというと、どんな？」

「オメーに聞いてねーよオタク」

「すんません」

「一ノ瀬～？　あんたゲームとかってどうなん？」

「……ゲーム？」

「据え置きゲーとか、スマホゲーとか、アーケード系とか。なんかいろいろあるっしょ、ゲームは。好きとか嫌いとか。やるとかやらないとか」

「ん～……」

言われて涼風はコーヒーカップに口をつけた。

口をつけたまま数秒。

それからマカロンの残ったやつを手に取ってちまっとかじり、もぐもぐとやってから、調べ物でもしようとしたのかスマホを開いてさらに数秒。

「あ、うん。あまりやらないかな」

「……ふーん」

安城は相づちを打った。

そして俺の方に寄ってきて耳打ちした。

「あのさーオタク」

「なんすか」

「なんか一ノ瀬ってさー。難しくね？」

「といいますと？」

「空気が自分専用みたいな感じでさー、テンポについていくのが大変つーか」

「わかります」

「だよなー」

ぷくっ、と頬をふくらませて。

女王様は不満なお気持ちを表明なさっている。

腹立たしいが、あざとくてカワイイ仕草だ。

そしてそんな安城唯が、俺のすぐそばまで近寄ってきていること。

今さらだけど鼓動が跳ね上がる。

いやだって、トップギャル様なんだよこの人。

一ノ瀬涼風というビッグルーキーが転校してきたことで、ちょっと印象は薄まったかもだけど。それでも俺みたいなミジンコにとっては、神にも等しい相手なのだ。

「あつかいムツカシーのな、一ノ瀬って。まあカワイイから許すけど」

「はあ。そっすね」

「でもってオタクくんさー。一ノ瀬と仲いいよな？」

「いや仲いいってほどじゃ」

「うるせーよ、見りゃわかんだよそんなことは。そのこと自体をうんぬん言おうとしてんじゃねーの、今のゆいは」

「すんません」

「オマエさ、インタビュアーやれ」

「はい？」

「ゆいと一ノ瀬の間に入れ、ってこと。オマエの方があつかい上手いだろ、一ノ瀬の」

「えええ……？」

いやそんなこと言われても。

いきなり何言い出すんだこの地雷系は。

「ゆいの空気を読んで、それを一ノ瀬に伝えればいーんだよ。できるだろそのくらい」

「……無茶ぶりすぎません？」

「できるんだよ。見りゃわかるんだよ、ゆいはそーゆーの」

「とは言いましてもですね……」

「パスはちゃんと出す。ゆいの顔色みてればわかる。声にも出して伝える。だからやれ。いーからやれ。つーか言っただろ？　オマエ、ゆいのドレイだから。刃向かえる立場にあると思ってんの？」

……女王様だなあ。

ていうか暴君だな普通に。そのうち反乱起きるぞ？

とはいえ損な役回り、というわけでもなさそうだ。

なんせ俺、暴君よりも厄介な〝なんにもできないヒト〟のお世話をしてるからな。

ある意味いつもどおりの役回りと言えなくもない。

「てゆーかー。ゲームっていいよね～」

密談を終えた安城が話題を振ってきた。ひとりごとの態で。

またゲームの話題。

続けたいんだな？　この話を。

「あ、はい。いいっすよねゲーム」

俺は話を膨らませる。

「世の中にはいろんなゲームがあるっすけど。なんていうか、人生の潤いっすよね。人類が昔からずっとアイデア出してきた、叡智のカタマリっていうか」

「そーそー」調子を合わせる安城。

「一ノ瀬さんはどう思う？」

「わたし？」

話を振られて首をかしげる涼風。

「ゲームはあんまりやらない、って言ってたけど。それでも何もやったことない、ってわけじゃないだろうし、何かしら面白いゲームはあるはずだ、って思ってさ。だって人間を面白がらせるためにあるのがゲームなんだから」

「うーん。面白くない、ってわけじゃないんだけど」

「いまいちハマれるモノがない？」

「あ、うん。そんな感じ」

「据え置きゲーはやる？　スプラとかスマブラとか」

「んー。聞いたことはあるかもだけど。やったことはないかな？　いやあるかも？　あんまり覚えてない」

「覚えてないってことは、印象に残ってないってことか。一ノ瀬さんには向いてなかったかもしれないし、たまたまその時は盛り上がらなかったのかもしれないね。ちなみにスマホゲーとかはやる？」

「んー。やらないかなあ」

「少し触ってみたことはあるけど、あんまり続かなかった感じ？」

「あ、それそれ。そんな感じ」

「毎日ログインとか大変だもんね。続けてないとついていけないけど、放置ゲーとかもそれはそれで、って感じだし」

「うんうん。キャラは可愛いんだけどね。見るだけで満足しちゃうかなあ」

「ちなみにアーケードのゲームはやらんよね？」

「ゲームセンターで、ってこと？　やらないかなー」

「UFOキャッチャーとかは面白いんじゃない？」

「でもずっとはやれないよー。というかわたし、すっごい下手だし」

どうにかこうにか話を聞き出していく俺。

安城は『そーゆーのでいーんだよ、そーゆーので』みたいな顔をしているけど。涼風が相手だからかろうじて会話できてるだけだからな？　元々そんなにコミュ力ないからな、俺って。

「ボドゲとかアナログゲーはどうなん？」

自分の指のネイルを眺めながら、安城が言う。

はいはい。次はそのへんについてインタビューすればいいのね。

というかこの女王様、やけにゲームにこだわるな？

「俺は好きっすけどねー、全然そっち系も。一ノ瀬さんはどう？　人生ゲームとか、オセロとか——他にもそのへんの定番ゲームをベースにしたりした、いろんなゲームが世の中にはあるんだけど」

「うーん。たとえば？」

「たとえばカタンとか？　ニムトとか？」

「聞いたことないなあ」

「一応、そのへんが有名どころなんだけどな。面白いぞ、やってみると」

「ふーん。そうなんだ」

あまり乗り気ではない様子の涼風。

会話には応じてくれるが、食いついてくるわけでもなく。

面白いんだけどなゲームって。さっきも言ったけど叡智だし、人類の。

なんにもできんヤツだから、ゲームもできないのかもしれないが。

「……ま、そんな感じっすかねー」

話題を切り上げ気味な空気を出して、俺は安城の方を見た。

安城は『は？　使えねーオタクだなマジで』みたいな顔をして、

「んなマニアックなゲームを例に出したって、一般人が食いつくわけねーだろが。もうちょっと頭使えよオタク」

「いやでも、そのへんがアナログゲームの人気ランキングで」

「もっとあるだろ他によお。ウチら、ゆーてギャルなんですけどー？　ギャルがギャルの家に遊び来てんだからさ。パーティーゲームっしょ、やっぱ」

「と言いますと？」

「たとえばさあ、こーゆーのとか」

言って、安城は自分のリュックから何かを出してきた。

縦横30センチぐらいの箱。

「じゃじゃーん。ほらほら、これこれ」

「わー。何それ？」身を乗り出す涼風。

「ツイスターゲーム！」ドヤ顔の安城。

「あるなら最初から出せや！」とは言わない俺。

そっか、そういうことか。

そういう流れにしたかったのね、この女王様。

お約束のゲームで親交を深める……定番パターンだわ、確かに。

そしてツイスターゲームは最高の選択肢だわ、これまた確かに。

最初から言ってくれれば、そういう流れに持っていけただろうに。LINEも強制交換してんだから、あらかじめ根回ししてくれればよかったのに。

「わー。いいっすねー」

言いたいことはぐっと呑み込んで、流れに乗っかる俺だった。

「おいこらオタク。おめー『めんどくせーやつだなこの女』って顔してね？」

「いえそんな。滅相もないっす」

「まーいーけど。つーわけでやろーよ一ノ瀬。ルール簡単だし、これなら知ってるっしょ？　オタククーん、準備よろしく」

空気を吸うように俺をパシる安城だった。

なんか、ダシに使われてる感がものすごい。

というか妙に遠回しなんだよな、この女王様。

ギャル仲間同士で、ヒエラルキーの頂点同士で、そのへんの呼吸は上手くやればいいのにさ。『ゲームやろーよゲーム、ウェーイ』『えーまじでヤバすぎー。やるやるー』みたいな感じでさ……まあ涼風が相手だと、そうもいかんのかもだけど。

にしたって、わざわざ俺をコスってくる必要、なくないか？

安城のやつ、まるで初めて彼氏の家に遊びに来たヤツみたいじゃん。

「えーと、とりあえず」

言われたとおりにゲームをセッティングして、俺は訊く。

「誰と誰の組み合わせでやりましょか？」

さすがに説明不要とも思うが、説明する。

ツイスターゲームは二人プレイが基本（男女のデート的な意味で）。

碁盤目上に並んだ円形のマークに、ランダムな順で二人の手足を置いていくと、必ず無茶な体勢になって笑いが取れる——というパーティーゲーム。

そしてこれも言うまでもないだろうけど。

えっちなハプニングがとても起こりやすいゲーム、でもある。

なんならそっちの方がメインの目的まである。

この場にいるのは三人。

誰と誰を組み合わせるか、なんて考えるまでもない。

「は？　そんなの決まってるでしょ？」

案の定だ。

安城は小馬鹿にするような顔をしている。

ま、そうっすよね。

トップギャル様ふたりに、冴えないオタクがひとり。

そもそも今日のこの集まりは『一ノ瀬涼風の家に、安城唯が遊びに来る。ついでの慈悲で嵐山新太も来ることを許す』という趣旨でした。

じゃあもう組み合わせは決まってますわ。

「あーはい、そっすよね。じゃあ安城さんと一ノ瀬さんで——」

俺はいそいそと一歩引こうとして、

「は？　なに言ってんの？」

安城がそれを咎めた。

「えっ？　ええと安城さんと一ノ瀬さんの二人でツイスターゲームを」

「ゆいとオマエだよ」

「はい？」

「二度も言わせせんな。ゆいとオタクくんが——嵐山くんとわたしが、やるんだよ。ふたりで一緒に。ツイスターゲームを」

目が点になっていたであろう俺は、点になった目で確かに見た。

ほっぺたが赤い。

安城唯のほっぺたが。

その姿はまるで、察しの悪い思い人をデートに誘う時、みたいな雰囲気で。

「……そーきたかー」

思わず俺は素の声で漏らしてしまったのだった。

第七話 ⊗ 来た、見た、……勝った？（その2）

「すんませんっす！」

「もっと右に寄せろ右に！　ゆいの手が届かねーだろが！」

「う、うっす！」

「ちょっとオタクぅ!?」

ツイスターゲームが佳境を迎えている。

今の俺はタコの気分だ。

揚げる方の凧じゃなくてオクトパスな方ね。

手足がひん曲がってます。ねじれてこねくれて、わちゃわちゃになっています。

人体が普段はやらない体勢を、重ねに重ねてこの結果です。

筋力の強度と柔らかさの限度を試すこのゲーム。

俺わかっちゃったけど。これってゲームじゃなくてスポーツだよね？

「こらオタクぅ！」

「う、うっす！」

「どけろその手！　そこにオマエの手があると、ゆいがこれ以上動けねーから！」

「すんません限界っす！」

「限界っすじゃねーよ、突破しろよその限界を！　できるだろ！」

「無理っす！　ていうか安城さんの方こそ！　もうちょと右足伸ばしてもらっていいっすか！　そうすればこっちの体勢に余裕できるんで！」

「ゆいは身体カタいんだよ！　これ以上は無理！」

「無理じゃないっす！　突破してください限界を！」

「バカかオタクおまえ！　突破できないから限界なんだろーが！」

「いやアンタが言ったんでしょ⁉　俺に限界を突破しろって！」

「ゆいは女子だからいーんだよ！　ていうかこれ以上やったら女子としてアカン感じの格好になるだろ！　察しろやボケ！」

「いやこれってそういうゲームでしょ⁉　ツイスターゲームだよ⁉　しかもアンタが持ってきたんだろ⁉」

「うっせーギャルなめんな！　ゲームは好きでも女は捨てられねーんだよ！　……きゃ、やばいやばいやばいやばい！」

「ちょ、倒れかかってこんといて！　ムリむり支えられな――」

ごろりーんと。

俺と安城は重なるようにして倒れ込んだ。

チャレンジ失敗。

「あはは。おもしろーい」

涼風(すずか)が手を叩(たた)いて笑った。

築十年、３ＬＤＫの我が家にて。

俺と安城は目を回しながら「いたたたた……」と身体のあちこちをさすっている。

「……オ～タ～ク～？」

安城が呪いの声をあげた。

「オマエ言うこと聞けよ！　あそこはもうひと粘りするとこでしょ⁉　何あっさりギブアップしてんだよカスかよマジで！」

「いやいやそっちこそ！　なんであそこで手ぇ抜くんすか！　あそこ突破できてたらまだ先があったでしょ！」

「うっせーばーかばーか！　ゲームは好きでも女は捨てない！　ギャルなめんな、ってさっきも言っただろーが！　あそこはオマエが腕の骨折ってでもがんばるところ！」

「相方が手ぇ抜いてるのにこっちが身体張れるか！」

「んだとお!?　……うええ〜〜ん！　オタククんがいぢめる〜！」

よよよよ、と。

悲劇のヒロインよろしく、ちゃっかり涼風に寄りかかる安城。

「ゆい、オタククんこわ〜い」

「よしよし。こわくないよ。だいじょうぶ」

しなだれかかる安城の頭を、涼風がなでなでする。

……くっそー。

ちょっと美味(おい)しい光景だぜ！

地雷系の（黙ってれば）守りたくなるギャルと、全方面にスペック振り切ってる規格外のギャルふたり。

このコンビの絡みが見られるなら、安城からの理不尽も受け入れられる。

そんな風にちょっと思いました。そっち方面もイケる口なので。

「は〜あ、ったくもー」

安城がわざとらしくため息をつく。

「せっかくいいところまで行ったのにさー。オタククん頼むよー？　女子ががんばってんだから気合みせてよ、気合を」

「いや待って。状況的に無理じゃないすか？　ツイスターゲームって俺ひとりの気合でどうにかなるもんじゃないっしょ？」

「そこを何とかするのが白馬の王子様ってもんだし」

「他ならぬアンタ自身がカス扱いしてるオタクの俺になに期待してんすか」

「だからさー、そこひっくり返すのが王子様じゃん？　男子のいいところ見せられるポイントじゃん？　あーあ、せっかくゆいがチャンスあげたのに」

「いやだから、そもそもアナタが持ってきたゲームで、しかもミスってたのは明らかにそっちの方で……いやもう何も言うまい。俺が悪かったですスイマセン。白馬の王子様になれなくて申し訳ありませんでした」

「ふふ〜ん。ま、わかればいいんだケド」

「今のは安城さんのミスだと思うよ、わたしは」

「ちょっとぉ〜！　しれっとツッコミ入れんなよ一ノ瀬ぇ！　味方してよ味方！　うちらズッ友っしょ⁉」

いまだにマカロンをかじっている涼風に、安城がまたしなだれかかる。

しかし、まあ。

正直ホッとしてるな俺は。

安城がツイスターゲームの相手に俺を指名した時は、かなり戸惑ったけど。無事に自分のターンをこなせたと思う。

むしろかなりイイ感じでイケたんじゃないか。

少なくともこの場の空気感は悪くない。

安城唯(ゆい)が襲来するってことで、かなり戦々恐々としてたんだけど。

そして実際、ツイスターゲームなんぞ持ってこられて、一時はどうなることかとビビってたんだけど。

逆にこれ、ちょっと楽しいな？

「こらオタクぅ！　なにニヤニヤしてんだよ⁉」

「へっ？　してました俺？」

「してたっつーの。うーわまじキモ。ゲームで負けといてニヤニヤしてるとか、やっべー負け犬じゃん。これだからキモ系のオタクはよお……」

嫌そうな顔をする安城。

いつもどおりの女王様っぷり、理不尽っぷり。

それでもよそ行きモードなのか、心なしか雰囲気が柔らかい気がする。もっと人を殺せそうな視線できるからな、この地雷ギャルは。

それにしても、だ。

安城と目が合うと、つい、こっちから視線を外してしまうな。

それがまた『これだからキモオタは』とニラまれる結果になってしまうのだけど。これについては言い訳させてほしい。

触れていいたのだ。いろんなところが。

さっきのツイスターゲーム。俺と安城との一本勝負。

もちろんそうなるわけです。ふたりで組んずほぐれつ、なんだから。狭い盤上で。

腕が、太ももが。あちこち触っちゃいまして。

だけじゃなくて、髪のいいにおいとか。胸元がけっこうきわどい角度で視界に入ってきたりとか。

涼風と暮らし始めて半月ほど。

女子のあれこれにちょっとは慣れてきたけど、あくまで涼風が相手ならの話。

安城だからなあ相手は。

ガチで手が届かないタイプの女王様、トップギャル様だからなあ。

正直キョドるんですよ。マジで。

『嵐山くんとわたしが、やるんだよ。ふたりで一緒に』

……ドキリとしましたよ、さっきは。

あんなセリフを口にした安城は、ひどくしおらしくて。

頬を染めている姿が、やたらと可愛らしくて。

ていうか気のせいかな？

さっきから事あるごとに、安城と目が合う気がするんだけど。

そして目が合った時の、なんというか、柔らかさみたいなのが。明らかに前とはちがう気がするんだけど。

「じゃあ次～。ゆいと一ノ瀬ね～」

そうこうしているうちにターンが進む。

次はギャル様おふたりがツイスターゲームに挑戦するらしい。

「一ノ瀬ぇ、このゲームやったことある？」

「うーん。ないと思う」

「おっけー。ま、ゆいの言うこと聞いてればクリアできっから」

「……どの口で言うか……」

「オタクくーん？　なんか言ったー？」

「いえなにも。すんません」

「わたしがやるの？　このゲーム？」

「そりゃそうっしょ。ゆいとオタクくんがやったんだから、次はゆいと一ノ瀬じゃん？」

「わたしかー。そっかー」

「おいおい一ノ瀬ぇ、うちらギャル仲間っしょー？　オタクくんとはちがうところ、見せてやろーぜー」

うむうむ。

俺は深く頷いた。

順番的には妥当だよね、確かに。

そして美味しいよね、ギャルふたりのツイスターゲームってシチュエーション。

俺的にはただのご褒美だもんね。さっき苦労したぶん、ここは審判役と進行役、そして観客役に徹しよう。

「えーとじゃあ、ふたりとも位置についてください」

4×6マス。

四色の円形が描かれたシートの両端に、涼風と安城が立つ。

涼風はのほほんと、自然体で。

安城はふふふんと、攻撃的に。

ギャルとひとことで言っても個性はいろいろだよなあ、と思いつつ指示を開始。

「えーとじゃあ一ノ瀬さん。右足を赤色に」

「……こう？」

「安城さん。左手を緑色に」

「はいはい、っと」

序盤はイージーに進むこのゲーム。

だがご存じのとおり、中盤以降は難易度の高い展開になっていく。

「一ノ瀬さん。右手を黄色」

「うん。……これでいい？」

「はい次、安城さん。左足を青色」

「はあ？　それ無理じゃね？　置く場所見えないんだけどぉ？」

「安城さん、わたしこっちに右手動かすから。それでいけそう？」

「お、おう。……え、一ノ瀬それできんの？」

「たぶん。よいしょ」

思い返すはさっきのセッション。

俺と安城は、このあたりでもう悲鳴をあげていた。

文字どおり〝ツイスター（ねじれる）〟ゲームなのである。今さら説明するまでもないが。

盤上のふたりの手足、合計八本が、ねじれまくり、無茶（むちゃ）な体勢を強いられることによって苦悶（くもん）する、その有様を笑って楽しむパーティーゲーム。

だけど一ノ瀬涼風は。

「次、一ノ瀬さん。右手を赤色」

「こうかな？」

「……えええ？　あんたそれできんの？」

「うん」

「ゆい、それやったらゼッタイ骨折れるんだけど……」

「次、安城さん。左足を黄色」

「ハイ終わったー！　今度はガチ無理！　クソゲーすぎるっしょこれ！」

「わたし右足で支えるよ。安城さんがもう少し右側に寄せてくれたら左手でも支えられる。

それでいけると思う」

「え？　こ、こう？」

「うん。そんな感じで。ゆっくりでいいから」

「いや、ゆっくりやると、むしろゆいの体力がっ……！」

「だいじょうぶ。わたしが支える」

なんか涼風……めっちゃ上手いな？

身体がやわらかい。

やわらかいし、強い。意外にも。

インナーマッスルってやつがしっかりしてるんだろうか。まるで中国の雑伎団みたいに
……は言いすぎだけど、アクロバティックなポーズを難なくこなす。

そしてそのポーズは。

なまめかしい……というか、ぶっちゃけエロい。シンプルに。

反り返った胸は、ブラウスのボタンを吹っ飛ばさんばかりにぱつぱつだし。

スカートから伸びる太ももは瑞々しくて、春に生まれたばかりの子鹿の脚みたいにしなやかで、なんかいろんな意味で美味しそうだし。

「ぎゃー!?　もう無理なんですけど今度こそー!?」

「だいじょうぶ。支える」

ぎゃんぎゃんわめきながら弱音を吐く安城唯を、淡々と、だけどしっかりとサポートする一ノ瀬涼風の姿は。

そのエロさも、ギャル同士の絡みが醸し出す百合っぽい雰囲気も、なにもかもを引っくるめて。

ひとことで言って、めっちゃ尊かった。

性癖のさらにそのまた奥にある、何かの扉を開いてしまいそうな……そんな体験を、僕はしました。はい。

淡々と第三者してましたけど、なんかすごいわ。いや普通に。

サービスシーンを超えた何かを垣間見た気がするな、うん。

「んにゃー!?　もーだめだー！」

「あーれー」

限界がきた。

粘りに粘った末、ギャルふたりはもつれ合って倒れ込む。

「あーくっそー！　もうちょいイケそうだったのに！」

「でも安城さん、がんばったよ」

「いやがんばったのはそっちだろ一ノ瀬……つーか、なんかスゴなかった？　あんたもしかしてプロ？」

「んーん。初めてやる」

「何でそれであそこまでやれるんよー？」

「やったらできた。いえーい」

ダブルピースをする涼風。

淡々とニンマリするという、器用な表情を作ってみせる彼女は。これまた控えめに言っても尊かった。

というか涼風……やればできる子なの？

あなた、なーんにもできないギャルじゃなかったっけ？

人生で役に立つ機会はほとんどないと思うけど、今のプレイは並の人間にはできないパフォーマンスだと思いますよ？

やればできる子なら、着替えぐらいは自分でやってほしいなあ。

「――オイこらオタクぅ」

安城にニラまれた。

「オマエ、なんかニヤついてね？　キモくね？」

「いや別に。んなことないっす」

「つーかバレバレなんだよなー。今のゲームもさー、エロい目で見てただろ。まあしょーがないけどさー、下半身だけで生きてるおサルさんだから」

「いやホントに。そんなことないっす」

「ああ～ん？」

首に腕を掛けられた。

そのまま引き寄せられる。プロレスのヘッドロックみたいな形。

「なに言い訳してんのオマエ。バレてるっつってんだろーが」

「すんませんした。ホントすんませんした」

「やっぱエロい目で見てんじゃねーか！」

ぐいぐい、ぶんぶん。

頭ひとつぶん身長が低いギャルに振り回される俺だった。

かなりロリ寄りな体型の安城唯にいいようにされる屈辱……この恨み晴らさでおくべき

か……と俺が呪っていたかといえば、そうではなく。

めっちゃドギマギしてました。顔には出さないように。

いやだってこのスキンシップ。普通にマズくないすか？

薄っぺらいとはいえ、安城唯の胸元に、思いっきり顔を押しつけられて。

細っちいけど、そのくせ絶妙にやわらかいお肉の感触が、ぎゅっとこう、きまして。

あとにおいが。

涼風とはちがう、でも女子に特有なものだとわかる、脳のどこかを痺れさす刺激が。

ダイレクトにきます、これも。

ヤバいやつです。ヘッドロック関係なく意識とぶ。

ていうかいいんですか？

オタクくんな俺にこんなことして？　あなたトップギャル様ですよね？

俺のことなんてミジンコぐらいにしか見ていない、女王様ですよね？

「安城さん。そのくらいにしてあげて」

「えー？　甘いよ一ノ瀬はー。必要なんだよしつけが。こういうサルには」

「でも、わざとじゃないはずだから」

「ちっ。しゃーねーなー」

ヘッドロックを、ぐいっともう一回しめながら。

安城は耳元で言う。

「じゃあ白状したら許す。一ノ瀬の胸、見てただろ？」

「く、苦しいっす……！」

「ゆいからも見えたから、一ノ瀬の谷間。お前から見えないわけがねー。見てたよな？」

実は安城の谷間も見えてたんだけどな。

紫色でした。何がとは言わないけど。

「み、見ました……一ノ瀬さんの……」

「やっぱなー。これだからエロザルは！」

盛大に毒づいて、安城は俺を解放した。

その瞬間だった。

小さなささやきが聞こえたのは。

「……ちぇ。やっぱ胸がデカい方が好きなんかよ……」

「えっ？」

「な、なんでもねーよ！　聞いてんじゃねーよオタク！」

「すんません」

「ちゃんと反省しろ反省。さーて、次どうしよっかなー」

軽い膝蹴りを入れてから安城は離れていく。

俺は青天の霹靂に仰天している。
え？　なに今のセリフ。
ちぇ、やっぱ胸がデカい方が好きなんかよ。
確かにそう聞こえたんだが？
ん？　んんん？
その言葉の意味って？
解釈できる範囲、そこまで広くないよね？
いやいや。でもそんなまさか。
「次は」
俺の戸惑いを知ってか知らずか。
涼風がわくわく顔（でも淡々としてる）で言った。
「次はわたしと、嵐山くん？」
うむ。
まあそうなる。
この場にいるのは三人。
ふたりペアの組み合わせは三とおり。
俺と安城、安城と涼風のペアは、すでにプレイを終えた。

順番的には俺と涼風のペアしか残っていない。

「じゃ、そうしますか」

緊張が走る。

一ノ瀬涼風と、トップギャル様と、神絵師・心ぴょんぴょん先生と、ツイスターゲーム。

ほんの一月前までは、妄想すらしなかった人生の選択肢。

だが今の俺はちょっとちがうぜ？

歯磨きもした。ニーソ生着替えも見た。

耐性があるんだよ耐性が。そう簡単に心を乱されてたまるもんか。

……いや、でもやっぱ、無理かなー。

普段は気にしないようにしてるけどさ。涼風って、あまりにも魅力がありすぎるんだよな。トップギャル様として、理想の神絵師様として、完成されすぎてるんだ。

おまけに【手の掛かる義理の妹】属性までついてくるんだから。

涼風とツイスターゲーム……保(も)ってくれよ、俺の理性……！

「あ。てゆーかさー」

と、そこへ。

不意に思い出したという調子で、安城が発言した。

「ゆい、なんか喉が渇いてきたかもー？」

あ、はい。

そうですか。お喉がお渇きになられましたか。

さすがは女王様、マイペースでいらっしゃいますね。

……なんてことは言わず、

「あ、はい。そっすね。どうしましょ？」

「どうしましょ、じゃねーよオタク。喉渇いたっつってんだから、なんか飲むに決まってんだろーが」

「あ、はい。そっすね。コーヒー飲みますか？」

「さっきも飲んだんですケドー？」

「麦茶とか？」

「気分じゃないし」

「お水とか？」

「味がないし」

「ジュースとか？」

「ゆい、エナドリがいーなー。ちょっと疲れちゃったしー」

そうきましたか女王様。

いやでもエナドリを常備してる家って、そんなにないと思うんだが……もちろんウチにもないし。

「それにゆい、最近ハマってるエナドリがあってぇ」

スマホの画面を見せてくる安城。

聞いたことのない銘柄だった。どこに売ってんだそれ？

「あ、たぶんここに売ってるから。わりとレアモノ。売ってる店少ないんだよね」

ふたたびスマホの画面を見せられる。

マップ上に示されている店の位置は……いやこれ、けっこう遠いな？

ちょっとコンビニ行って買ってくる、って距離じゃないんだが？

「一ノ瀬ぇ」

まあ女王様の命令なら仕方ない、買ってくるか——と思った矢先だった。

「あんた買ってきてくれる？　エナドリ」

「わたし？」

「お金は渡すから。全員分」

「……あの。俺、買ってくるっすけど？」

「えーオタクくんがぁ？　でも今日はぁ、一ノ瀬ん家にお呼ばれしてるんだしー。一ノ瀬が買ってくるのがスジじゃね？」

オタククんがこの家に住んでるなら話は別だけど？

そんな言外のセリフが聞こえてきそうな、そんな安城の態度である。

ううむ腹立つな。可愛いけど。

「じゃ、わたし、行ってくるね」

そんな水面下のやり取りを知ってか知らずか。

涼風はあっさりとパシリに同意した。

「ありがと〜〜〜。ゆい、マジ楽しみ〜。一ノ瀬が買ってきてくれるエナドリ！」

「味はなんでもいいの？」

「サイケデリックピーチ味でよろ。それとあんた、すぐ財布とか忘れるから気をつけて。あとスマホも。道に迷ったらすぐマップ見て。それでもわからなかったら周りの人に訊く。男はなるべくやめとけ？　オバサンとかの方がまだリスク少ないから。世間話とかに付き合わされる可能性あるけど」

「わかった。気をつけるね」

すまほ、さいふ、すぐマップ。

即興の鼻歌を口ずさみながら、涼風は玄関を出て行った。

ううむ、これは想定外の展開。

しかし安城のやつ、まるで世話焼きオカンみたいな指示出しだったな。娘を初めてのお使いに出す時みたいな。

まあわかるけど。相手は涼風だから。途中で何をやらかすか知れたもんじゃない。

同時に、安城の理解度の高さにもおどろいた。

この女王様、涼風のことをホントよく見てる。

見てるし、扱い方もなんというか、とても手厚くみえる。

正直言って意外だ。

安城唯は、一ノ瀬涼風に対してだけ、あまり女王様ではない気がする。

「ちょっとオタクぅ？」

玄関先でつい、物思いにふけっていると。

女王様から苛立ったような声をかけられた。

「いつまで突っ立ってんだよ？　さっさとこっち戻ってこいって」

「あ、はい。すんません」

「早くしろー。客待たせんなー」

はいはい、わかりましたよ。

リビングに戻った。

住み慣れた我が家に、安城唯とふたりきり。

改めて考えてみると、違和感がエグい状況である。

「座れよオタク。ソファー」

「あ、はい」

言われるままに座った。

ヒエラルキー上位者の命令には脊髄反射で従ってしまう、悲しいオタクの性。

そして安城は俺の隣に座った。

……ん？

俺の隣に？

「なに？　なにポカンとした顔してんのオタク」

「え、ああいや。別に」

いやポカンとするだろ。

すっごい隣なのだ。

ホントにすぐ横に安城唯が座っている。

ぎりぎり拳ひとつぶん？　ぐらいは離れてるけど。ほぼ密着だろこれ。

ちなみにうちのソファー、そんなに小さくないからね？　座るにしたって、もっと離れた場所がいくらでも空いてるからね？

「なにオタク？　なんか文句でもあんの？」

「え、あ、いや別に」

「なんかキョドってなーい？　えー、ゆいショック〜」

軽口を叩いてくる。

あくまでも軽口。『てめーキモオタ殺すぞ』みたいな攻撃性はない。

「あー。なんかあっついかもー」

ぱたぱたと指でブラウスをつまみ、胸元に空気を入れる安城。

香水なのかシャンプーなのかわからんけど。甘いような爽やかなような、良い香りがする。涼風もそうだけど、トップギャル様はいつも良い香りがするような。

「ツイスターゲームさー。意外と体力使わね？　びみょーにあっついし」

「あ、はい。そっすね」

「オタクくんさあ。さっきのツイスターゲームで、ゆいの胸さわったでしょ」

「へっ」

いきなりぶっ込まれた。

「そ、それは仕方なくないですか？　ゲームがゲームなんで。ツイスターゲームってそういうものなんで」

「ふーん？　言い訳するんだー？」

「いや、言い訳ってわけじゃ」

「胸元も見てたよね？」

「見てたというか、体勢的に視界に入るというか」

「脚もさー。ずっと見てたよね？」

「それも目線的に仕方なく」

「スカートの中にも目線いってたよね？」

「いやだから、ツイスターゲームなんで。持ってきたの安城さんだし……」

「ゆいのせいにするの？」

「ああいやそういうわけじゃ」

「はい、セクハラ確定～」

覗き込んでくる。

繰り返すけど至近距離である。

顔、近っ。

そして顔小さっ。

がっつりメイクした、ぱっちり開いたお目々の目力。

普段なら反射的に仰け反ってしまうような状況、それでも俺は動けない。ヘビに睨まれたカエル、ギャルに見つめられたオタク。縛られる。がっつりと。

それでいて脳内の冷静な部分で考えている。

安城唯、やっぱめちゃくちゃレベル高い。

一緒に住んでるからわかるし、距離感近いからなおさらわかるんだけど、一ノ瀬涼風は本当にレベルの高いギャルで、こっちの目が潰れそうなくらいの美形で、だけど妖精さんみたいなところもあるからどうにかこっちは耐えられる、って感じなんだけど。安城唯はそういうのがない。遠慮がない。崇め奉られることに慣れている、そしてそれが当然の成り行きだと知っている、いわば攻撃的な美形で。

　何が言いたいかというと、抵抗できないんだよな。

　こうしてみると涼風って、まだ与しやすい方なのかもしれないよな。惹きつけられはしても縛られはしないもん。こんな力尽くで釘付けてこないもん。

『てめーキモオタ殺すぞ』

の雰囲気が消えた途端、すべてが逆流する恐ろしさ。

　思考が停止している。混乱が過ぎるとマヒ状態になるんだ、という学びを得る。

「ねー聞いてるぅ？」

「な、なにを」

「だからぁ。セクハラだって言ってんじゃーん。オタクくんセクハラしてたっしょ？　ゆいのこと、そーゆー目で見てたっしょ？」

「す、すいません。でもそれは」

「んーだいじょーぶ。セクハラにならない方法、あるから」

「……？」

「ちなみにだけどさー。ちょっとツイスターゲームでわからないところあってー。オタクくん教えてくんない？」

教える？　俺が？

そもそもツイスターゲームでわからないところ、って何？

「攻略法みたいなの。あるっしょ？」

ああなるほどそういうこと。

いやでも知らんが？　ツイスターゲームの攻略法なんてさ。

あれこれ思考は浮かぶのだが、浮いたそばから泡みたいに消えてしまう。

俺はもうほとんどマインドコントロール下に置かれてる状態、「あ、はい」と思わず口にしてしまって、

「じゃ、早速やってみよー。オタクくん、ちょっとこっち来て」

「あ、はい」

「こっちこっち。ツイスターゲームのシート敷いてある方」

「あ、はい」

「んーとね、ここところに手を置いてさー、ここに足を置いた時にさー。……あ、オタクくんはこっちに手と足置いてね」

「あ、はい。こうっすか？」

「そうそう。でもってそこからー……」

ふたたび始まるツイスターゲームのセッション。

さっきまでとは違う。今はふたりきり。

涼風とではなく、安城と。

なんだこれ？

なんでこんな状況になってるんだっけ？

安城が遊びに来て、俺と涼風の関係がバレないようにするのがミッションで。御木本と仁科がドタキャンして予定が狂って、ツイスターゲームやるとか言い出したのが安城で。

また近い。

顔が。身体が。安城唯の。

なんでこんなことに？

ふたりきりでツイスターゲームやるって、おかしいよね？

パーティーゲームですらないじゃん。

いろんな意味が発生しちゃうじゃん。

「それでぇ、オタクくんこっちに手置いて？」

無茶振りしてくる。

安城の指示はハードルが高い。かなりの無理筋。すでにギリギリのバランスで成り立っている姿勢に、トドメの一撃を刺す動きになる。

しかも絡み合ってるのだ。

安城の香り。

安城の温度。

それ以外の安城のいろいろ。

あちこちがいろいろ当たってるのはもちろんのこと、ことさら安城の顔が。

しかもこっち見てんの。

あの安城が。俺とは別のヒエラルキーに立つトップギャル様がさ。何度も言うけど目と鼻の先の距離で、俺と目を合わせてんの。

それに赤いの。安城の頬が。

いわゆる〝上気してる〟ってやつ？

興奮で頬が紅色に染まってるわけ。これって驚天動地だよね？

女王様の安城唯だから、サディズム的な興奮で顔赤くしてるのかな、って思うところなんだけど。なんかこう、必ずしもそれだけじゃないような。ヒエラルキー下層民の〝オタクくん〟を相手にしてるにしては、なんかこう、本気度みたいなのが感じられるというか。

それってただの勘違い？　オタククんにありがちな自意識過剰？　あーもー、なんかわけわからんくなってきて、

「あ、手が滑ったー」

そして来るべき時が来た。

ものすごく棒読みな感じで安城が言って、ゆっくりと倒れ込んだ。

倒れ込む際に腕を掴まれた。俺も一緒に倒れ込んだ。

気づけば俺は、安城を床に押し倒す形になっていた。

「オタクくん、だいたーん」

俺を見上げながら安城は笑った。

あっ、ごめん、そんなつもりじゃ——みたいなことを言ってすぐに離れるつもりだった。

でもできなかった。腕を掴まれたままだったし、それより何より安城の強い視線に絡め取られていたので。

「ね、なんでだと思う？」

「え？」

「ゆいがここに来た理由」

「理由って——それは——涼風の——一ノ瀬さんの家に遊びに行くって話になって、俺も一緒に、って話になって」

「ゆいって誰ねらいだと思う？」

「誰ねらいって、それは一ノ瀬さんなんじゃ？　一ノ瀬さんの家に遊びに来たんだから」

「ゆいってさー、オタクくんみたいな男のコ、実はタイプなんだよねー。みたいな？」

笑っている。

ニュアンス的には微笑(ほほえ)んでいる、って感じ。

いつもの『殺すぞオタク』的なやつじゃなくて、いやでも食虫植物っぽい危なさはあるんだけど、でも獰猛(どうもう)さとか肉食獣っぽさとかはなくて。なんかすごく優しくて。

ああそうか。

安城にハマるやつらって、こういうのを見てんのか。

オタクくんの俺、対象外すぎてわかんなかったなー。

……なんて考えてるのは、頭の中のごく一部分。脳内思考の九十九パーセントはいわゆる頭真っ白状態で、俺はアホみたいに安城の言葉すべてを受け入れている。

既出のとおり、マインドコントロール下に置かれてる、ってやつ。

「オタクくんって付き合ってるコ、いる？」

「い、いないっす」

「好きなコは？」

「い、いない——かな？」

「ふーん。じゃあ今フリーなんだー？」

……俺のことアホだと思います？

まあ実際アホなんだけど。この状態になってみたらわかるよ、絶対。俺の気持ち。

クモの巣に絡め取られた憐れな虫けらを連想する。押し倒してる形なのはこっちなのに。

「ねえオタクくん。しちゃう？」

「な、なにを？」

「なにをでしょーかっ？」

「わ、わかんないっす」

「オタククん、ゆいに恥かかせるんだ？」

「いやそういうわけじゃ――いやでもマズいでしょこれは――」

「ふええ……オタククんそんなこと言うんだ……ゆい、泣きそう……」

「いやいやそういうわけじゃ――」

「じゃ、あと五秒だけ待ってあげる。それ以上はゆい、本気で怒るから」

茶番みたいなやり取り。

でも当事者の俺からすれば、地球の存亡に関わる問題と同じくらい重大なことで。

しつこいようだけど、心理的に選択肢を狭められている状態で。

「じゃ、数えるから。ごー」

カウントダウン。

逃がさないよ。そんな言外の言葉が聞こえてきそうな微笑。

「よーん」

え、嘘だろ。

じゃあもう一択じゃん。

「さーん」

ここで、まさかこんなタイミングで。

新しい世界開いちゃうのか。

「にーい」

やるのか俺。やってしまうのか。

「いーち」

どうせなら相手は——が良かったなあ——


「ただいま」


声がした。

空耳じゃない。安城の声でもない。

俺も安城も同時にそっちを見た。

立っていた。涼風が。

夢でも幻でもなく一ノ瀬涼風。トップ中のトップなギャル様で、俺の義妹で、俺の最推しな神絵師で、けっこう遠いところまで買い出しに出かけていたはずの彼女が。

リビングのドアを開けた格好でこっちを見下ろしていた。

「――いちのせ〜〜〜！」

安城の行動は早かった。

俺を押しのけて涼風に飛びついた。

「わーん！　こわかったぁ〜〜〜！」

そして泣きついた。

俺は無様に固まっている。経験の浅さ、若造の悲しみ。とっさに動くことができない。

「なにがあったの？」

「襲われたの！　あのクソオタクに！」

「安城さんが襲われたの？」

「そう！　見たでしょ一ノ瀬も！」

そういうことにされるらしい。

襲った？　俺が？　冗談だろ？

あわてる。「え、いや、ちょ」と言おうとしてるのだが、口がもごもごするばかりでまともにしゃべれない。

「アイツ、けだものだったの。オタクのくせに下半身のことしか頭にない最低なセクハラ野郎だったの」

「ち、ちが」

「ちがわねーだろキモオタ！　この状況でそれ以外ありえねーだろが！　オマエぜったい訴えるから！　パパにも言う！　学校にも言う！」

涙混じりの名演。

すげーなこいつ、と心のどこかで感心しつつもそれどころじゃない、この状況だと本当にえん罪を被りかねない。

冷静に、落ち着いて。そう心に言い聞かせても身体がついてこない。つくづく自分の未熟さがうらめしい。

「一ノ瀬ぇ、もうゆい、お嫁にいけない〜」

安城はまだ泣きついている。

ベタなセリフにベタな芝居。なのに迫真の演技だから、本当にこっちが悪かったんじゃないかと錯覚してしまう。

この女王様、ホントにこういう空気作りみたいなのが上手いな。いや俺がこういう空気に飲まれやすいだけなんだろうか。

「安城さん、お嫁に行けなくなった？」

「うん、もう行けない〜」

「それは困ったね」

「困ったじゃなくてぇ、一ノ瀬なんとかしてよぉ。あのオタクに責任取らせてよぉ」

「わかった。責任取る」

え？　と。

安城はきょとんとした。

たぶん俺も似たような顔してたと思う。

え、責任取る？

俺じゃなくて？　涼風が？　なんで？

「責任取って、お嫁さんにする」

「お嫁……？　え、何言ってんの一ノ瀬……？」

「お嫁さんにするの。安城さんを。わたしが」

は？　と。

安城は目を丸くした。

たぶん俺も似たような顔してたと思う。

え、お嫁さんにする？

俺じゃなくて？　涼風が？　なんで？

「じゃ、そういうことで」

そしておもむろに、だ。

涼風が安城を顎クイした。

誤解なきようもう一度。涼風が、安城を、顎クイした。

「え？　え？」

顎に指をそえて、クイッと上を向かせる。

恋愛モノの漫画やらドラマやらでお馴染(なじ)みの、あのポーズ。

それを涼風が。安城に。

しかも顔、近っ……！

「ちょ、一ノ瀬、近……」

「いい？　安城さん」

「い、いいって、何が？」

「『一ノ瀬なんとかしてよぉ』って言ったよ。安城さん」

「いや、ゆいが言ったのは、オタクに責任取らせろって話で——」

「お兄ちゃんの責任はわたしが取るから」

まああの身長差がある。

涼風と安城、十センチ以上は高さが違う。

なのでけっこう絵になる。やられてる側はけっこうな迫力も感じてるだろう。

しかも涼風って、完璧レベルの美形だ。顎クイで目の前まで迫られて、さしもの安城も顔真っ赤である。

ていうか涼風さん……今さらっと重要なこと言っちゃいました？

「じゃ、するね」

「す、するって何を？」

「………」

「ちょ、一ノ瀬？　黙って顔近づけてくるのやめ──」

近づいていく。

くちびるとくちびるが。ゆっくりと。

トップギャル様の涼風はくちびるもきれいである。

もちろん安城も。

俺は思わずごくりと喉を鳴らした。単なる傍観者になってることをお許しください。

「待、ちょ待」

「………」

「一ノ瀬？　いちのせってば」

「………」

「いやいやだから、ちょ待、ちょ待」

「………」

近づく。

まだ近づく。

チキンレースというかポッキーゲームというか。

クールに、顔色ひとつ変えず、一ミリ、また二ミリと涼風が近づき、安城はさらにもっと真っ赤になり、そして、

「――っだあああ！　やめんかあああああ！」

キレた。

「そーゆーんじゃないのゆいは！　そっちのシュミはない！　ゆいはノーマル！　一ノ瀬の顔は好きだけど！」

キレつつ涼風をそっと押しのける。

この〝そっと押しのける〟のあたりに、安城から見た涼風の立ち位置、みたいなものが垣間(かいま)見えた気がする。

「あーもー。なんか空気変わっちゃったじゃん」

安城は自分の服の袖を手のひらでぱぱぱっ、と払う仕草をする。

顔は真っ赤なままで、しかし空気は確かに一変した。

ほんの数十秒前まで、俺と安城が妙な空気になってたなんて信じられん。こういうのってホント、一瞬ですべてが変わるよな。

変えたのは他でもない一ノ瀬涼風。なーんにもできないギャル。

「ハニトラ禁止」

その涼風が言った。

人差し指を二本重ねて【×】の形を作って、安城に「めっ」と言いながら。

「うちのお兄ちゃんにハニートラップはダメだから。おっけ？」

「ゆ、ゆいは別にそういうつもりじゃ……」

「ゆいちゃん？　わかった？」

「うう……わかった……」

くちびるを尖らせながらも頷く安城。

「それとお兄ちゃん」

俺にも矛先が向いた。

「お兄ちゃんも気をつけて。お兄ちゃんはわたしのマネージャーなんだから。ハニトラに引っかかったらだめ。ちゃんとして」

「すんません……」

頭を下げる俺。

涼風のおかげで命拾いしてる立場だし、なーんにも言えん。

というか涼風、普通に手ぶらで帰ってきてるな。エナドリを買ってきてる様子がない。

てことは初めからこうなることを予測して……？

ていうかさっきのってハニトラだったのか……安城がオタクくんの俺に本気で言い寄るなんてあり得ないとは思ってたけど……あり得ないとは思っていてもハマりかけてしまうのは俺の弱さか、それとも安城の強さか。

というか何のハニトラ？

俺をハメて何をどうするつもりだったんだ？　メリットある？

ていうか涼風さん今、さらっと重要なこと言っちゃいました？

「くっそー。カワイイだけじゃねーのかよー」

ぼふんっ、と。

安城がソファーに腰を沈めた。

両手を広げて、脚を高々と組んで。トップギャル様なので当然だろうけど、ものすごく態度がでかい。

「もうちょっと引っかき回したかったけどなー。まあいっけどさ、目的は果たしてるし」

「ええと……どういうことなんでしょ？」

「安城さんが仕組んだんだと思うよ」

流れについていけない俺に、涼風が説明してくれる。

「わたしを買い出しに行かせたのは、わざと」

「……そうなの？」

「御木本さんと仁科さんが今日の予定をキャンセルしたのも、安城さんがやったこと」

「そうなの⁉」

思わず安城の方を見た。

安城は「あいつらバラしやがったかー」と毒づいている。

つまり認めた、ってことか。

話の流れ的に、涼風が御木本と仁科にLINEか何かで事情を聞いた、ってことなんだろうけど……え、でもなんで？

なんでそんなことを安城が？

ていうか……なんか企んでたにしても、ちょっと雑すぎない？　いろんなことがあっさりバレすぎてる気がするんだが？

「いーんだよ別に。そのへんは計算のうちだから」

内心の疑問が顔に出てたんだろう。

マカロンの残りを食べながら、安城が説明してくれた。

「別にバレたっていーの。懐に潜り込んだらそれでいい。一ノ瀬が戻ってきても戻ってこ

なくても良かったし、オタクくんがチキン野郎でもそうでなくてもどっちでも良かった。ゆいはもう戦略目標達成してるんで」

でもあんまり説明になってなかった。

「いやごめん……俺だけ話が見えてないいんだけど」

「サトウカズヤさん」

涼風が種明かしをしてくれた。

ソファーに座りながら。そしてマカロンの残りに手を出しながら。

俺が思わずその場でひっくり返るような、その時の俺が予想だにしていなかった事実を。

「わたし――【心ぴょんぴょん】にメールを送ってきたプロデューサー。ゲーム会社【ブルーアーク】の【サトウカズヤ】さんって、安城さんのことだよね？」

あとがき

〝ギャル〟とは何か？


仮にそんな問いを投げかけられたとしたら、私はきっとこう答えるだろう。

それは『夢』であると。

現実に存在するような、しないような。

摑み取ろうと欲すれば、手のひらで瞬く間に溶けてしまう、あたかも粉雪のような。

ある種のはかなさと、幻のごときあやうさと。そしてもちろん美しさも。

これらの要素を内包した概念。それが〝ギャル〟という片仮名三文字に含まれる、主だった意味であると、私は解釈している。


絵空事、と切って捨てることもできよう。

飽くなき願望、とも呼べるかもしれない。

だがそれでも、結局のところ。やはりこの一文字にすべては集約されるのではないか。

繰り返す。
それは『夢』であると。
この作品には作者なりの夢を詰め込んだつもりだ。
その夢を少しでも共有していただけるなら、これに勝る喜びはない。

某月吉日　鈴木大輔

なーんにもできないギャルが唯一できるコト２

著　鈴木大輔

角川スニーカー文庫　23758

2023年８月１日　初版発行

発行者　山下直久

発　行　株式会社KADOKAWA
〒102-8177 東京都千代田区富士見2-13-3
電話　0570-002-301（ナビダイヤル）

印刷所　株式会社暁印刷
製本所　本間製本株式会社

◇◇◇

Printed in Japan　ISBN 978-4-04-113972-1　C0193

★ご意見、ご感想をお送りください★

〒102-8177 東京都千代田区富士見 2-13-3
株式会社KADOKAWA　角川スニーカー文庫編集部気付
「鈴木大輔」先生
「ゆがー」先生

[スニーカー文庫公式サイト] ザ・スニーカーWEB　https://sneakerbunko.jp/

角川文庫発刊に際して

角川源義

第二次世界大戦の敗北は、軍事力の敗北であった以上に、私たちの若い文化力の敗退であった。私たちの文化が戦争に対して如何に無力であり、単なるあだ花に過ぎなかったかを、私たちは身を以て体験し痛感した。西洋近代文化の摂取にとって、明治以後八十年の歳月は決して短かすぎたとは言えない。にもかかわらず、近代文化の伝統を確立し、自由な批判と柔軟な良識に富む文化層として自らを形成することに私たちは失敗して来た。そしてこれは、各層への文化の普及滲透を任務とする出版人の責任でもあった。

一九四五年以来、私たちは再び振出しに戻り、第一歩から踏み出すことを余儀なくされた。これは大きな不幸ではあるが、反面、これまでの混沌・未熟・歪曲の中にあった我が国の文化に秩序と確たる基礎を齎らすためには絶好の機会でもある。角川書店は、このような祖国の文化的危機にあたり、微力をも顧みず再建の礎石たるべき抱負と決意とをもって出発したが、ここに創立以来の念願を果すべく角川文庫を発刊する。これまで刊行されたあらゆる全集叢書文庫類の長所と短所とを検討し、古今東西の不朽の典籍を、良心的編集のもとに、廉価に、そして書架にふさわしい美本として、多くのひとびとに提供しようとする。しかし私たちは徒らに百科全書的な知識のジレッタントを作ることを目的とせず、あくまで祖国の文化に秩序と再建への道を示し、この文庫を角川書店の栄ある事業として、今後永久に継続発展せしめ、学芸と教養との殿堂として大成せんことを期したい。多くの読書子の愛情ある忠言と支持とによって、この希望と抱負とを完遂せしめられんことを願う。

一九四九年五月三日

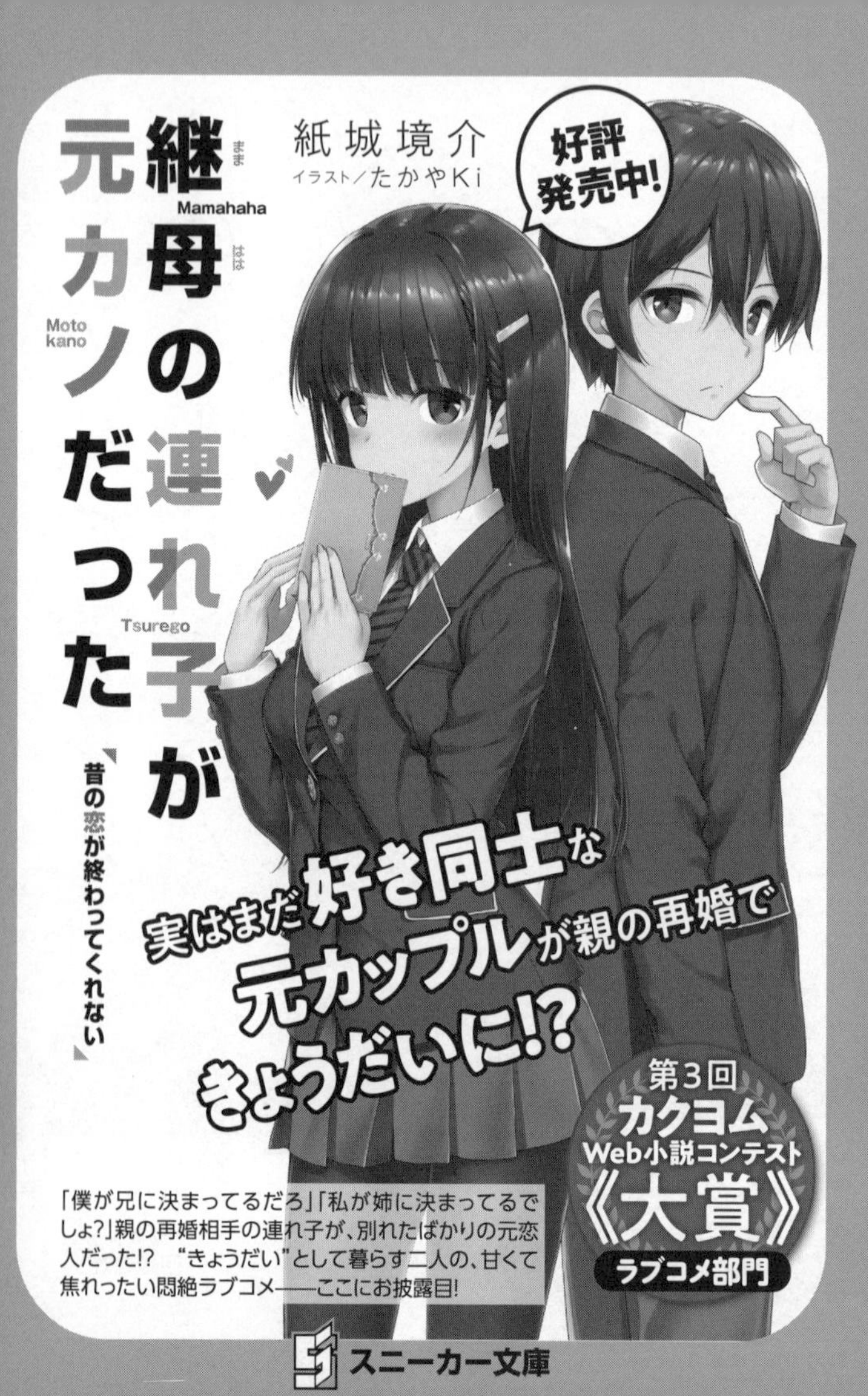

継母の連れ子が元カノだった
Mamahaha
Tsurego
Motokano
昔の恋が終わってくれない
紙城境介
イラスト／たかやKi
好評発売中！
実はまだ好き同士な元カップルが親の再婚できょうだいに!?
第3回
カクヨム
Web小説コンテスト
《大賞》
ラブコメ部門
「僕が兄に決まってるだろ」「私が姉に決まってるでしょ?」親の再婚相手の連れ子が、別れたばかりの元恋人だった!?　“きょうだい”として暮らす二人の、甘くて焦れったい悶絶ラブコメ——ここにお披露目!
スニーカー文庫